CONSPIRATION 365

Gabrielle Lord

Traduit de l'anglais par Ariane Bataille

CONSPIRATION 365

MAI

RAGEOT

La mise au point des textes médiévaux a été réalisée avec l'aide précieuse de Christine Cancel.

Couverture : La cidule*grafic/Nathalie Arnau.

Suivi de la série : Claire Billaud et Guylain Desnoues.

ISBN 978-2-7002-3412-1

Cet ouvrage a d'abord paru sous le titre *Conspiracy 365 : May*
chez Scholastic Australia Pty Limited en 2010.
Cette édition est publiée avec l'accord de Scholastic Australia Pty Limited.

À Charlie et Lily.

Je m'appelle Cal Ormond,
j'ai quinze ans,
je suis un fugitif...

Les personnages de mon histoire...

Ma famille : les Ormond

• **Tom** : mon père. Mort d'une maladie inconnue, il a emporté dans la tombe le secret de notre famille qu'il avait découvert en Irlande. Il m'appartient désormais de percer le mystère de la Singularité Ormond grâce aux dessins qu'il m'a légués.

• **Erin** : ma mère. Elle pense que j'ai agressé ma sœur et mon oncle. J'aimerais tant lui prouver mon innocence !

• **Gaby** : ma petite sœur, 9 ans. Elle est ce que j'ai de plus cher au monde. Elle est toujours dans le coma à l'hôpital. Depuis ma visite le mois dernier, elle donne des signes d'amélioration, même si elle est loin d'être tirée d'affaire.

• **Ralf** : mon oncle. Il est le frère jumeau de mon père. Dérouté par son attitude depuis la disparition de ce dernier, je ne peux m'empêcher de me méfier de lui.

• **Bartholomé** : mon grand-oncle. Très âgé, il vit à la campagne. Il a transmis sa passion de l'aviation à mon père. Il détient peut-être des renseignements précieux sur notre famille.

• **Piers** : un jeune homme mort au combat en 1918 pendant la première guerre mondiale. Un vitrail du mausolée de Memorial Park le représente sous les traits de l'ange dessiné par mon père.

Les autres

• **Boris** : mon meilleur ami depuis l'école maternelle. Passionné par le bricolage, très ingénieux, c'est un pro de l'informatique. Il est toujours là quand j'ai besoin de lui.

• **Le fou** : je l'ai rencontré la veille du nouvel an. Il m'a parlé le premier de la Singularité Ormond et conseillé de me cacher 365 jours pour survivre.

• **Dep** : le « Dépravé » est un marginal qui m'a sauvé la vie et hébergé dans son repaire secret. Il m'a aidé à récupérer l'Énigme Ormond chez Oriana de Witt.

- **Oriana de Witt** : célèbre avocate criminaliste à la tête d'une bande de gangsters, elle cherche à m'extorquer des informations sur la Singularité Ormond. J'ai réussi à lui voler l'Énigme Ormond.
- **Kevin** : jeune homme à la solde d'Oriana de Witt. Il a une larme tatouée sous l'œil.
- **Sumo** : homme de main d'Oriana de Witt taillé comme un lutteur japonais.
- **Vulkan Sligo** : truand notoire, chef d'une bande de malfrats. Il souhaite lui aussi percer le secret de la Singularité Ormond et me pourchasse sans relâche.
- **Gilet Rouge** : le surnom que j'ai donné à Bruno, l'un des hommes de main de Vulkan Sligo, car il en porte toujours un.
- **Zombrovski** : un complice de Vulkan Sligo qui surveille Boris de près.
- **Winter Frey** : jeune fille belle et étrange. Après la mort de ses parents, Vulkan Sligo est devenu son tuteur. Souhaite-t-elle sincèrement m'aider ou joue-t-elle un double jeu ?
- **Mon sosie** : qui donc est ce garçon qui me ressemble comme deux gouttes d'eau ? Je l'ai déjà croisé trois fois sans pouvoir l'interroger.
- **Jennifer Smith** : elle a été l'infirmière de mon père. Il lui a confié une clé USB pour moi. Elle a été agressée avant de pouvoir me la remettre.

- **Erik Blair** : un collègue de mon père. Il se trouvait en Irlande avec lui et pourrait avoir des renseignements sur son secret.
- **Clark Drysdale** : ce conducteur de pick-up m'a pris en stop et nous avons eu un accident.
- **Melba Snipe** : cette vieille dame adorable m'a offert l'hospitalité alors que je m'étais dissimulé dans le coffre de sa voiture.
- **Griff Kirby** : fugueur de mon âge. Après sa tentative ratée de me dérober mon sac à dos, nous avons finalement fait route ensemble vers Richmond le mois dernier.

Ce qui m'est arrivé le mois dernier...

1er avril

Sumo et Kevin ont projeté le pick-up de Clark Drysdale dans une rivière. Mon compagnon est coincé sous la carrosserie et je maintiens sa tête hors de l'eau pour l'empêcher de se noyer. Un policier, qui par chance ne me reconnaît pas, arrive en courant sur les lieux. Il prévient les secours puis me relaie auprès de Clark. J'en profite pour disparaître dans le bush[1]. Sumo et Kevin sont sur le point de me rattraper quand des coups de feu retentissent. Nous nous retrouvons tous les trois sous les tirs croisés de militaires en manœuvre !

Une balle perdue atteint Sumo. Par miracle, je m'en sors indemne et appelle Boris. Il m'annonce que les médecins vont débrancher le respirateur

1. Formation végétale des pays secs comme l'Australie, constituée de buissons serrés, de petits arbustes et d'arbres bas isolés.

artificiel de Gaby. J'ai une semaine pour retourner en ville et la sauver. Je me glisse dans le coffre d'une voiture qui appartient à une vieille dame étonnante : Melba Snipe.

3 avril

Je rencontre Griff Kirby, un jeune fugueur, et nous faisons route ensemble vers Richmond.

4 avril

Boris m'apprend que le respirateur artificiel de Gaby va être débranché plus tôt que prévu ! Je me précipite à l'hôpital où je réussis à m'introduire dans l'unité de soins intensifs juste à temps pour voir ma petite sœur. Elle se trouve dans le coma et semble fragile, sans défense. Cependant, dès que je commence à lui parler, ses paupières palpitent – un signe d'amélioration suffisant pour que les médecins la maintiennent en vie ! Ma mère me surprend. Malgré les efforts de Ralf pour l'en dissuader, elle presse le bouton d'appel d'urgence... La peur que je lis sur son visage me bouleverse : elle me considère toujours comme un monstre. Je m'enfuis.

5 avril

À Greenaway Park, je découvre une planque idéale au bord de la rivière Canterbury : un hangar à bateaux désaffecté.

19 avril

J'ai hâte de retrouver Boris mais il refuse de me rejoindre pour le moment, car il est persuadé qu'on le surveille. Je lui lis l'Énigme Ormond au téléphone. Il m'informe que Clark Drysdale est sain et sauf.

23 avril

Je vois mon sosie sortir du lycée de Greenaway Park.

25 avril

Au mausolée de Memorial Park, je tombe nez à nez avec Ralf. Il se jette aussitôt sur son portable pour prévenir ma mère. Je décampe. Mon oncle crie mon nom, attirant l'attention de passants qui m'identifient ! Redoutant d'être pris, je cours me réfugier chez Dep le Dépravé.

29 avril

Finalement, Boris vient au hangar à bateaux, suivi de près par Winter. Je leur montre l'Énigme. Une dispute ne tarde pas à éclater. Winter s'en va. Peu après, les hommes de main de Vulkan Sligo débarquent, nous obligeant à fuir.

Je me rends au mausolée de Memorial Park, sûr d'y trouver Winter. Elle m'apprend que Kevin renseigne Sligo sur mes déplacements. Mais comment peut-il les connaître ?

Quand je retourne dans mon refuge, je constate qu'il a été saccagé et qu'on a volé mon sac à dos. Quelqu'un m'attrape par-derrière. Une douleur cuisante me transperce le cou et je m'évanouis.

30 avril

Je me réveille à l'hôpital psychiatrique Leechwood ! On m'a enfermé dans cet asile de fous sous une fausse identité ! J'ai tout perdu. Comment sortir de ce piège ?

MAI

1er mai
J –245

Hôpital psychiatrique Leechwood
Australie

07:07

Un cri m'a réveillé en sursaut. Les images et les sons embrumés de mon cauchemar – le chien blanc en peluche, les pleurs du bébé – se mêlaient aux hurlements de désespoir bien réels des gens qui m'entouraient. Il ne m'a fallu que quelques secondes pour reprendre mes esprits et me rendre à cette évidence horrible : j'avais été enlevé et enfermé dans un hôpital psychiatrique, Leechwood.

La semaine précédente, caché dans un hangar à bateaux isolé, au bord de l'eau, je progressais à grands pas dans mon enquête.

Et voilà que je me retrouvais prisonnier du pavillon haute sécurité d'un asile de fous, dépouillé de l'Énigme Ormond et des dessins de mon père.

07:10

J'ai rapidement compris qu'il était inutile de tambouriner à la porte ou de joindre mes hurlements à ceux des autres internés.

J'ai laissé retomber ma tête sur mon oreiller jaunâtre. Leechwood, c'était le néant : non seulement je n'existais plus aux yeux du monde mais cet endroit aspirait toute mon énergie. Dès que je pensais aux événements des derniers jours, je sentais une chape de plomb s'abattre sur mes épaules. J'avais le moral à zéro.

J'avais d'abord soupçonné Vulkan Sligo de m'avoir volé les dessins de mon père et le manuscrit de l'Énigme Ormond grâce à cette traîtresse de Winter. Elle s'était sûrement empressée de lui indiquer l'emplacement de ma nouvelle planque : le hangar à bateaux de Greenaway Park. Je lui en avais voulu à mort.

Mais était-elle réellement coupable ? Je n'en étais plus certain.

Lorsque la Subaru noire était apparue à Memorial Park, il m'avait semblé, au contraire, que Winter cherchait sincèrement à me protéger.

Elle avait pris les devants pour détourner l'attention de Zombrovski et de Bruno, alias Gilet Rouge, me permettant de m'échapper. Qui alors était venu saccager le hangar à bateaux ? Qui m'avait enlevé ?

À l'idée d'avoir perdu tous les indices que j'avais eu tant de mal à rassembler et déchiffrer, un goût de bile a envahi ma bouche. Je venais de vivre quatre mois d'enfer pour rien ! Tout ce que j'avais découvert au cours de ces jours interminables passés à fuir, à être seul, à me cacher, venait d'être servi sur un plateau à Vulkan Sligo ou à Oriana de Witt, ou à quiconque s'était débarrassé de moi en me jetant dans cette prison. Je pouvais dire adieu aux dessins de mon père et à l'Énigme Ormond.

J'avais déployé tant d'efforts, et les seuls à en profiter seraient des criminels ! J'enrageais ! Enfermé ici, j'étais réduit à l'impuissance.

J'ai roulé sur le ventre et enfoui mon visage dans l'oreiller. J'avais mal au cou, sans doute à cause de la piqûre anesthésiante. Bizarrement, elle semblait avoir réveillé la douleur de mon épaule droite. Au moins, on m'avait ôté la camisole de force. Un des infirmiers m'en avait libéré pendant la nuit, quand j'avais eu besoin d'aller aux toilettes. Toutefois, il m'avait prévenu que si je ne me tenais pas tranquille, on me la remettrait aussitôt.

Je ne supportais pas d'être enfermé ici. Je rêvais de me retrouver à nouveau en famille, chez moi, avec ma mère et Gaby. Pourquoi me fallait-il endurer toutes ces épreuves ?

Soudain, un silence sinistre a succédé aux cris. Je me suis assis au bord du lit, mes pieds ballants effleurant le sol glacé. Je me sentais terriblement malheureux. Tout le monde m'avait abandonné, je n'avais plus un seul allié. Je m'étais disputé avec Boris, mon meilleur ami. Comment lui en vouloir de m'avoir lâché ? Quant à Winter, que penser d'elle ? Ma mère me croyait fou. Mon oncle Ralf était trop absorbé par les problèmes matériels liés à la succession de mon père.

Mon unique lueur d'espoir restait Gaby. J'étais certain que ma petite sœur serait toujours de mon côté. Instinctivement, j'ai voulu toucher la bague celtique qu'elle m'avait offerte. Je me suis rappelé que je l'avais enlevée pour la lui glisser au doigt, à l'hôpital. En quatre mois, ma seule joie avait été de voir les paupières de Gaby palpiter, de savoir qu'elle se rétablirait progressivement.

07:17

Les cris ont recommencé, plus proches cette fois. Un homme a hurlé :

– Je vais le tuer ! C'est un imposteur ! Je vais le tuer ! Où est-il ? Où est le vrai docteur Glasser ?

Des pas ont résonné dans le couloir. De lourdes portes se sont ouvertes et refermées précipitamment. Le personnel de l'asile courait dans tous les sens pour maîtriser un patient. La voix s'est tue.

Sur la feuille fixée au pied de mon lit, le nom Glasser avait été inscrit en face de la mention : psychiatre. Qui était-il ? Que signifiait cette histoire d'imposteur ? Quel genre de malade mental voulait le tuer ?

Dans le silence qui a suivi cette agitation, un infime battement contre la vitre a attiré mon attention. Un minuscule oiseau brun s'était posé sur le rebord de la fenêtre. Tandis que je le regardais, il s'est envolé et a disparu sous l'avant-toit. Immédiatement, j'ai pensé au tatouage que portait Winter à l'intérieur de son poignet, et à l'inscription « Petit Oiseau » gravée au dos de son médaillon. La frustration m'étouffait. Je me retrouvais prisonnier ici, sans aucune chance de m'évader.

07:20

J'ai reporté mon regard sur la feuille fixée au pied de mon lit. D'après les informations mentionnées, j'étais un patient « très dangereux ». J'ignorais le sens des mots « contention de niveau 5 », cependant ces indications ne me semblaient rien augurer de bon.

Submergé par un sentiment de claustrophobie, je me suis rué sur la porte. Frissonnant dans ma chemise d'hôpital, j'ai agrippé la poignée des deux mains. Elle n'a pas bougé d'un millimètre. Je suis reparti d'un pas traînant vers la fenêtre de ma minable cellule.

Soudain, mon sang n'a fait qu'un tour : de rage, j'ai pris mon élan et je me suis jeté de tout mon poids contre la porte. Sous la brutalité du choc, j'ai rebondi avant de m'effondrer par terre comme un pantin de chiffon. Au bout de quelques secondes, je me suis relevé tant bien que mal et j'ai tambouriné au battant.

Personne n'a réagi. J'ai cessé mon vacarme. Je me suis souvenu de la menace de la camisole de force…

07:26

J'avais froid, j'étais fatigué. J'ai arraché la couverture du lit pour m'en envelopper. Je devais m'éclaircir les idées, me débarrasser de ma colère. Ce genre de fureur gratuite ne servait strictement à rien. Dep me l'avait appris. Je l'ai imaginé dans son repaire, camouflé derrière sa porte secrète : il s'était construit un abri sûr, confortable, et je l'enviais.

Je me suis à nouveau approché de la fenêtre pour regarder au-dehors entre les barreaux. J'ai alors remarqué un minuscule nid en boue séchée, fixé sous l'avant-toit, et j'ai aperçu la silhouette d'oisillons. Leur bec s'est ouvert en grand lorsque leur mère est venue se percher près d'eux. Aussi insensé que cela puisse paraître, je leur en ai aussitôt voulu. Ils étaient chez eux, en sécurité.

J'ai baissé les yeux vers le jardin désert plongé dans la pénombre grise et inhospitalière à cette heure matinale. Debout derrière la vitre, j'éprouvais un sentiment de vide infini.

On m'avait privé de mon portable, de mes vêtements, du petit ange gardien offert par Dep. On m'avait aussi dépouillé de mon identité. À en croire la fiche au pied de mon lit, je m'appelais Benjamin Galloway.

Le pépiement assourdi des oisillons m'a distrait de mes pensées. Leurs becs en losange s'ouvraient goulûment et chaque oisillon poussait ses voisins pour être le premier à obtenir la nourriture distribuée par la mère.

La vue du plus petit de tous se glissant entre ses frères et sœurs m'a soudain remonté le moral et a modifié ma vision de la situation. Cet oisillon avait beau être le plus faible, sa détermination le propulsait à la meilleure place, devant les autres.

Pour l'instant, je n'avais ni plan ni d'idée sur la manière de m'échapper, mais je devais à ma famille de ne pas sombrer dans le désespoir. Je me battrais. Je ne baisserais pas les bras face à mes ennemis. Je guetterais sans relâche la moindre faille du système de sécurité de Leechwood.

Je me suis jeté sur le lit. Mon épaule m'a semblé plus enflée et douloureuse qu'avant. Je n'y ai pas prêté attention. Désormais, je devais me concentrer sur mon environnement et repérer la moindre possibilité d'évasion.

08:23

La porte qui s'ouvrait à la volée m'a fait sursauter. Une silhouette en blouse verte a poussé un chariot avec un plateau dans la chambre.

Je me suis penché pour examiner le petit déjeuner : une bouillie jaune et blanche – des œufs brouillés sans doute, deux tranches de pain dur et une tasse remplie d'un liquide ressemblant vaguement à du café. Le tout avait l'air encore moins appétissant que les rations de l'armée trouvées le mois dernier dans l'abri du Département de la Défense, mais ça paraissait comestible et je mourais de faim. J'ai attrapé la cuillère en plastique et l'ai plongée dans l'assiette.

09:03

Cette fois, la porte s'est entrebâillée sur un infirmier psychiatrique imposant – crâne rasé, diamant à l'oreille – que j'avais surnommé Musclor.

– Habille-toi, fiston. Le docteur Glasser va te recevoir.

Il a lancé mes habits sur le lit et attendu que je les enfile. J'ai apprécié de retrouver mes vêtements. J'étais soulagé que le personnel de l'hôpital ne les ait pas jetés aux ordures. Avec mon jean, mon tee-shirt, mon sweat à capuche et mes baskets – même dépourvues de lacets – je me sentais plus humain, davantage moi-même.

« Bon, me suis-je dit, je vais enfin savoir qui est ce Dr Glasser. Peut-être m'aidera-t-il... si je parviens à le convaincre que je ne suis pas Benjamin Galloway. »

09:07

Musclor ne m'a pas lâché le bras une seconde tandis qu'il me faisait descendre l'escalier jusqu'au rez-de-chaussée, puis parcourir un long couloir dont toutes les portes semblaient identiques à celle de ma chambre : lourdes, munies de verrous, numérotées. Mes yeux observaient le moindre détail, à l'affût d'une opportunité. Au bout du couloir, une double porte vitrée laissait entrer et sortir toutes sortes de personnes. Si j'en avais l'occasion, c'était par là que je pourrais regagner la liberté.

Nous nous sommes arrêtés devant une porte différente des autres. Elle était en bois et ne possédait ni numéro ni gros verrou. Musclor a frappé, ouvert, puis m'a poussé en avant et a refermé le battant.

J'ai regardé autour de moi. Je me trouvais dans une pièce agréable couleur crème, inondée de soleil. Elle était meublée de hautes bibliothèques débordant de livres et d'un bureau massif placé près d'une large fenêtre. Aux murs, des diplômes encadrés couvraient les espaces vides entre les bibliothèques. Sur le bureau, j'ai remarqué un presse-papier en laiton qui avait la forme d'un cerveau humain.

Devant le bureau, il y avait un siège à dossier droit. Derrière, me tournant le dos, installé dans un fauteuil club en cuir, se tenait un homme à la carrure respectable.

– Bonjour, ai-je lancé.

Le fauteuil a pivoté, révélant un personnage aux sourcils broussailleux, vêtu d'une veste en tweed. Ses lunettes à monture noire et ses yeux sombres lui donnaient un air sévère.

C'était donc lui, le médecin que l'un des patients avait menacé de tuer un peu plus tôt. Debout face à cet homme, j'avais l'impression d'avoir été convoqué par le proviseur du lycée.

– Je suis le docteur Glasser. Assieds-toi, je te prie, a-t-il dit en me désignant le siège face à lui.

Puis il a soulevé le cerveau presse-papier et s'est calé contre le dossier de son fauteuil. Une fois assis, j'ai observé sa collection de drôles de cactus alignés sur le bureau.

MAI

Après un long silence, le Dr Glasser a reposé le presse-papier avec lequel il jouait et m'a dévisagé par-dessus ses lunettes.

– Tu sais pourquoi nous sommes ici.

– Non, absolument pas.

Il a repris le cerveau en laiton pour le faire rouler dans sa main.

– J'ai été enlevé, ai-je poursuivi. Quelqu'un m'a planté une seringue dans le cou. Et je me suis réveillé ici. Enfermé dans une cellule.

Le Dr Glasser a pris des notes avant de lever à nouveau les yeux vers moi.

– Les chambres des patients ne sont assurément pas des cellules. Voilà une histoire rocambolesque, Benjamin.

Benjamin. Ce prénom étranger me mettait très mal à l'aise, mais j'ai préféré ne pas y penser.

– Rocambolesque ou non, ça m'est arrivé.

– Je vois, a-t-il répliqué sur un ton qui exprimait au contraire l'incrédulité.

Il continuait à triturer le petit cerveau entre ses doigts. J'ai agrippé les bras du siège sur lequel j'étais assis, m'efforçant de garder mon calme. Je n'avais aucune chance de m'évader de cette pièce : la fenêtre, même si elle ne comportait pas de barreaux, était scellée. Sur le bureau, j'avais repéré un bouton qui, j'en étais sûr, servait à alerter des renforts en cas de nécessité.

Le Dr Glasser a poussé un profond soupir, puis commencé :

– Ben…

– Je ne m'appelle pas Ben.

Il a ignoré mon interruption et poursuivi :

– Ben, je suis psychiatre. Tu as déjà fait l'objet d'un diagnostic. On m'a communiqué la totalité de ton dossier. Tu es ici pour ton bien. Nous devons tous deux adopter une attitude honnête l'un envers l'autre. Impossible pour moi d'accomplir mon travail, ou de t'aider, si tu n'admets pas ton identité. Or c'est ce que désire Mr Sligo. Seulement, je ne pourrai rien pour toi si tu t'obstines à te réfugier dans le déni.

Sligo. J'ai serré les dents, tentant de dissimuler ma fureur.

– Je dois parvenir à établir un lien avec ta véritable personnalité, a ajouté le Dr Glasser. Sinon je ne ferai que te rejoindre dans ton délire. Tu saisis ?

Je ne comprenais rien à son jargon, mais j'ai jugé préférable de ne pas l'avouer.

– Voici la lettre de Mr Sligo. On me l'a confiée au moment de ton admission dans cet établissement, il y a deux jours. Lis-la. Elle t'aidera peut-être à cerner la situation.

Il a incliné la tête, comme pour me percer à jour, puis m'a tendu la lettre.

MAI

Cher Alistair,

Comme convenu, je paierai les frais de séjour de Ben Galloway jusqu'à ce qu'il soit guéri de ses délires, et prêt à me remettre les documents qu'il détient alors qu'ils ne lui appartiennent pas.

Je respecte beaucoup votre travail et porte un grand intérêt à votre institution, comme en témoigne, je l'espère, le montant de ma contribution financière. Je suis sûr que, grâce à votre compétence, vous aiderez Ben à se rétablir. Vous le savez, son père et moi avons été associés pendant de nombreuses années.

Quand le jeune Ben sera revenu à la raison, qu'il admettra sa véritable identité et acceptera de me restituer les documents que son père m'avait confiés, je serai heureux d'accorder un don généreux à Leechwood.

Par ailleurs, je continuerai bien sûr à soutenir Ben dans ses entreprises, quelles qu'elles soient. En attendant, je réglerai l'ensemble des frais liés à son internement, en gage de mon indéfectible loyauté envers son père – qu'il repose en paix.

J'ai été ravi de vous rencontrer la semaine passée, à la première du Lac des cygnes.

Acceptez, cher Alistair, mes sincères salutations.

Vulkan Sligo

J'ai rendu la lettre au Dr Glasser. Mon cerveau fonctionnait à une vitesse supersonique. Pourquoi Vulkan Sligo s'était-il donné tout ce mal pour me faire enfermer ici afin que je suive un traitement psychiatrique ?

Un escroc dans son genre n'agissait jamais sans une bonne raison, et une raison qui rapporte gros. S'il détenait déjà les dessins de mon père, le manuscrit de l'Énigme Ormond, le calque portant les noms Kilfane et G'managh ainsi que les autres papiers, il lui était inutile de me soumettre à cette torture. Il lui fallait se débarrasser tout simplement de moi. Cela n'avait aucun sens... sauf si...

Sauf si Sligo ne détenait ni les dessins ni l'Énigme !

Il avait manigancé mon enlèvement, mais il ne possédait rien !

Mon euphorie a été de courte durée. Hormis Vulkan Sligo, qui aurait pu subtiliser les documents ? Les hommes de main d'Oriana de Witt avaient peut-être effectué une descente dans le hangar à bateaux et tout emporté ? De son côté, Sligo avait ordonné à ses gorilles de me kidnapper, toutefois, en constatant que je n'avais sur moi ni les dessins ni l'Énigme, il avait prévu de me garder enfermé à Leechwood jusqu'à ce que je lui révèle dans quel endroit je les avais cachés.

MAI

La voix du Dr Glasser a interrompu le cours de mes réflexions :

– Eh bien, que penses-tu de la lettre de Mr Sligo, Ben ?

J'ai hésité avant de répondre. Si je disais la vérité, avouant que j'ignorais où se trouvaient les documents, il ne me croirait probablement pas. Ou s'il me croyait, je devenais un pion inutile... Que déciderait alors Sligo à mon sujet ?

Le Dr Glasser a tapoté le bureau d'un geste impatient avec son presse-papier en laiton.

– Sligo a tout inventé parce qu'il veut s'emparer de documents que mon père m'a confiés, à moi, ai-je fini par déclarer d'un ton sec. Ils ne le concernent pas. D'ailleurs, il n'a jamais été l'associé de mon père.

J'étais sur le point d'ajouter que Sligo avait déjà essayé de me tuer, mais j'ai préféré ne pas en parler pour l'instant. Le Dr Glasser risquait de considérer cette accusation comme une autre « histoire rocambolesque », une preuve supplémentaire de ma folie.

– Il est donc vrai que Mr Sligo veut récupérer des documents ayant appartenu à ton père ?

– Oui, sauf que c'est à moi que mon père les a donnés. Moi, pas Ben Galloway. Sligo a inventé mes prétendus délires afin de mettre la main sur ces papiers.

– Tu accuses Vulkan Sligo d'avoir échafaudé une machination et de t'avoir assigné une fausse identité ?

– Exactement, docteur.

– Tu n'es pas Ben Galloway ?

– Mais non, bon sang ! C'est Sligo qui a tout manigancé ! Et vous, vous gobez tout !

Le Dr Glasser a secoué la tête et reculé son fauteuil de quelques centimètres. Tout en me jetant un regard bienveillant, comme si je venais de lui prouver que je délirais, il a pris une grosse enveloppe dont il a vidé le contenu sur son bureau. Puis il a poussé plusieurs documents vers moi.

– Revenons à la réalité, Ben. Observe attentivement ceci. Voilà ton extrait de naissance, ton passeport, et tes autres papiers d'identité. Ils sont tous faux, je suppose ?

J'ai saisi les papiers pour mieux les examiner. Ils avaient l'air parfaitement authentiques, et ma photo figurait sur la plupart.

– Ce ne sont pas mes papiers, ai-je rétorqué en rendant le passeport au Dr Glasser. D'ailleurs, ce n'est même pas ma date de naissance.

– Et voici ta carte de transport scolaire, a-t-il ajouté comme si je n'avais rien dit, en me tendant un porte-carte.

Je l'ai ouvert et j'ai découvert, avec stupéfaction, une carte de transport avec ma photo. Elle avait été établie au nom de :

MAI

– N'importe quoi ! ai-je crié. Je n'ai jamais habité à cette adresse !

Me retrouver sous l'identité d'un autre m'a paru absolument terrifiant. Je me sentais déjà si éloigné de mon ancienne vie. J'avais du mal à me souvenir du visage de ma mère lorsqu'elle était heureuse, ou de notre quotidien à l'époque où nous vivions tous ensemble à la maison, avant la mort de mon père. Ce Ben Galloway n'avait rien à voir avec moi, mais je commençais à éprouver la sensation désagréable que je n'avais plus rien de commun non plus avec l'ancien Cal Ormond.

Glasser a tapoté à nouveau le dessus de son bureau avec le cerveau en laiton.

– Ce n'est pas toi, sur la photo ?

– Non. Je veux dire, si. Seulement...

– Laisse-moi te rafraîchir la mémoire, Ben. Ton père, Ray Galloway, était l'associé de Mr Sligo. Il est mort dans des circonstances tragiques, d'après ce que j'ai compris. Il est difficile de surmonter un tel malheur.

Il a agité le passeport sous mon nez.

– Alors ce n'est pas ta photo ?

Je ne pouvais pas le nier, il s'agissait bien de moi. Je me souvenais même précisément du jour où elle avait été prise, environ un an plus tôt, dans le photomaton d'un centre commercial, avec ma mère et Gaby. En revanche, il ne s'agissait ni de mon passeport, ni de mon nom.

– Si, c'est bien moi, ai-je admis.

Mes photos et mon passeport avaient-ils été volés lors du cambriolage de la maison en janvier, puis trafiqués ?

– C'est ma photo, d'accord, mais tout le reste est faux. Ce ne sont pas mes papiers d'identité.

– Tu voudrais me faire croire que Mr Sligo t'a fabriqué une fausse identité en utilisant tes propres photographies, dans le seul but d'obtenir des documents qui se trouvent en ta possession et sur lesquels il n'a aucun droit ?

– C'est exactement ce que j'essaie de vous expliquer. Vous avez déjà entendu parler d'usurpation d'identité ?

J'ai désigné le passeport et précisé :

– Je me souviens très bien de cette photo. Quelqu'un, j'ignore comment, s'en est servi pour créer ces faux papiers.

– Pourquoi avoir recours à ce genre de stratagème ? Tu imagines à quel point il est difficile de se procurer un faux passeport ?

– Sauf si l'on a beaucoup d'argent, des relations dans le milieu du crime et si l'on est du genre à ne reculer devant rien pour obtenir ce qu'on veut !

Glasser a poussé un profond soupir.

– Voilà ce qui s'appelle de la paranoïa pure. Ce que tu dis n'a aucun sens.

– Bien sûr que si ! Après la mort de mon père, nous...

Il s'est empressé de m'interrompre :

– Tu admets donc que ton père est mort ?

– Oui, sauf qu'il ne s'agissait pas de Ray Galloway. Parce que je ne suis pas Ben Galloway !

– Si tu n'es pas Ben Galloway, alors qui es-tu ? a poursuivi le docteur.

Je me trouvais dans une situation infernale. Sans issue ! Que j'avoue être Cal Ormond, le criminel le plus recherché du pays, ou que je nie être Ben Galloway, j'étais de toute façon dans de sales draps. On voudrait m'enfermer. J'avais le choix entre l'asile de fous et la prison.

– Eh bien ? a insisté Glasser.

Mal à l'aise, je me suis agité sur mon siège. La perspective d'être arrêté par la police n'était peut-être pas la pire des solutions. J'aurais sans doute de meilleures chances de m'en sortir escorté par des policiers plutôt qu'en restant enfermé à Leechwood, à la merci de Vulkan Sligo.

– Je m'appelle Cal Ormond, ai-je fini par marmonner.

Le psychiatre s'est calé dans son fauteuil et a lissé d'un doigt ses sourcils broussailleux. Je commençais à redouter d'avoir pris la mauvaise décision en avouant ma véritable identité. Après avoir passé ces derniers mois à me cacher, voilà que je m'exposais ouvertement.

J'ai levé les yeux. Glasser ne semblait ni ému ni intéressé par ma révélation. Il paraissait plutôt frustré. En désespoir de cause, j'ai lancé :

– Appelez la police. Je suis recherché dans tout le pays.

– La police? a-t-il répété en me fixant d'un air dubitatif.

– Allez-y. Appelez-la! On vous confirmera qui je suis!

– Maintenant que tu en parles, je dois t'avouer que tu ressembles un peu à ce garçon. Mais te réfugier dans cette histoire absurde, prétendre que tu es un fugitif recherché par les forces de l'ordre au lieu d'accepter la vérité ne t'aidera pas à sortir d'ici.

– Je lui ressemble parce que c'est moi ! ai-je hurlé en assenant un coup de poing sur le bureau.

Aussitôt la douleur a envahi mon épaule droite. Par réflexe, je l'ai agrippée avec la main gauche. J'ai senti qu'elle était enflée.

– Je m'appelle Cal Ormond, ai-je déclaré, calmement cette fois.

– Non, a répliqué le Dr Glasser, tu profites de ta ressemblance avec lui pour élaborer une complète affabulation.

– Affabulation ?

Glasser était persuadé que je lui mentais. J'ai tenté une autre approche :

– Vous n'ignorez pas que Vulkan Sligo est un célèbre gangster. Tout le monde le sait ! Il n'hésite pas à raconter les pires mensonges pour obtenir ce qu'il veut !

– Il n'a jamais été reconnu coupable du moindre crime, s'est offusqué le Dr Glasser en rajustant ses lunettes. Les médias sont largement responsables de cette réputation sans aucun fondement. D'ailleurs Mr Sligo a engagé des actions en justice contre ces différents organes de communication qu'il accuse de diffamation et de calomnies à son encontre. De plus, il apporte un soutien fidèle à l'hôpital psychiatrique Leechwood, auquel il verse une contribution financière très généreuse.

J'ai repensé à ma nuit d'horreur dans la cour de l'entrepôt de Sligo quand, pris au piège de la cuve à mazout, j'avais eu pour seule perspective la noyade ou l'asphyxie. Cet épisode n'avait rien d'une invention ou d'une calomnie !

Je me rendais toutefois compte qu'il était inutile d'essayer de convaincre le Dr Glasser au sujet de Vulkan Sligo. La menace contenue dans sa lettre m'apparaissait très clairement : j'étais condamné à croupir dans cet asile tant que je ne lui fournirais pas les documents qu'il convoitait.

Je comprenais aussi pourquoi il m'avait affublé de l'identité de Ben Galloway : la mienne poserait trop de problèmes. Si le personnel de l'hôpital apprenait qui j'étais, la police rappliquerait sans tarder, et j'échapperais à Sligo. En me forgeant une fausse identité, il pouvait me garder ici et me cuisiner à loisir jusqu'à ce que je lui remette les dessins de mon père et l'Énigme Ormond. Sauf que je ne les avais plus en ma possession !

Je ne me faisais aucune illusion sur ce qui se produirait lorsque Sligo s'en apercevrait : Ben Galloway et Cal Ormond disparaîtraient tous deux une bonne fois pour toutes.

– J'ai besoin de téléphoner à un ami de toute urgence, ai-je tenté.

Il fallait que je parle à Boris. Pour qu'il m'aide à retrouver les documents.

– Chaque chose en son temps, Ben.

Décidément, il persistait à utiliser ce prénom !

– Notre hôpital fonctionne sur le système des récompenses. Une bonne conduite donne des privilèges, tels que le droit de passer des appels téléphoniques, de sortir dans le jardin, et, plus tard, de faire des excursions en ville. Leechwood n'est pas une prison, Ben. Tu es ici pour recevoir de l'aide. Nous sommes ici pour t'en apporter. Alors maintenant parlons un peu de toi, si tu veux bien, Ben.

– Je ne m'appelle pas Ben, ai-je répété. Sligo vous a menti. Si vous souhaitez en savoir davantage sur ma personnalité, laissez-moi d'abord vous raconter qui je suis réellement, et ce qui m'est arrivé.

Le fauteuil en cuir du Dr Glasser a craqué quand il s'est penché en arrière pour s'installer confortablement, comme s'il s'apprêtait à assister à une représentation.

– Soit. Je suis curieux d'entendre ton histoire.

– Tout a débuté avec la lettre de mon père, envoyée d'Irlande.

Glasser a hoché la tête.

– Je t'écoute.

– Il me confiait qu'il avait découvert un secret stupéfiant qui changerait le cours de l'histoire et apporterait la richesse à notre famille.

Glasser a de nouveau hoché la tête.

– Après, les événements tragiques se sont succédé. Mon père est tombé très malade en Irlande. Il est rentré en Australie, pour succomber peu de temps après à une maladie mystérieuse, un virus inconnu qui attaquait son cerveau et l'empêchait de parler. À l'hôpital, il a laissé d'étranges dessins qu'il avait réalisés à mon intention. Et puis mon oncle et moi avons failli nous noyer en mer parce qu'on avait saboté notre bateau. Ensuite, notre maison a été cambriolée. On a volé un objet dans la valise de mon père, et j'ai trouvé un calque comportant deux noms étranges.

Glasser a abandonné ses hochements de tête pour prendre des notes. Peut-être commençait-il à me croire. Ou peut-être, au contraire, ne faisais-je que m'enfoncer davantage dans les ennuis. Je n'avais pas le choix, je devais courir ce risque.

– J'ai aussi découvert une allusion à une énigme médiévale : l'Énigme Ormond. Et il y a l'ange.

Glasser a froncé les sourcils. Il s'est arrêté d'écrire.

– Un ange ? Tu viens de dire que tu as vu un ange ?

– Oui, ai-je répondu avant de remarquer la stupéfaction qui se peignait sur son visage.

Je n'ai pu m'empêcher de lever les yeux au ciel.

– Mais non ! Je n'ai pas vu un vrai ange. Mon père en avait dessiné un. Je sais maintenant qu'il a un lien avec notre famille. Il apparaît aussi sur un vitrail du mausolée de Memorial Park, un monument élevé en hommage à un parent éloigné, Piers Ormond, mort à la fin de la première guerre mondiale. Cet ange a un rapport avec la découverte de mon père en Irlande.

Tout en parlant, je me rendais compte à quel point mon récit pouvait paraître décousu et insensé.

– Continue, je t'en prie, m'a encouragé Glasser.

– Après le cambriolage, au moment où j'allais rencontrer une femme susceptible de m'aider, on m'a attrapé et jeté dans le coffre d'une voiture.

Le docteur me fixait d'un air ébahi comme si je venais de lui raconter que j'avais été enlevé par des extraterrestres, ou une autre histoire tout aussi invraisemblable.

– Plus tard, j'ai compris que mon enlèvement avait été organisé par Oriana de Witt.

– L'avocate criminaliste ?

– Oui ! Exactement ! Elle m'a fait ligoter et m'a soumis à un véritable interrogatoire. Par chance, j'ai réussi à m'évader du débarras où j'étais enfermé. Peu de temps après, en rentrant chez moi, j'ai trouvé ma petite sœur évanouie. Quelqu'un l'avait agressée et avait tiré sur mon oncle. J'ai réussi à ranimer Gaby grâce à un massage cardiaque, puis je me suis sauvé à l'approche des secours, parce que des hommes étaient à mes trousses. Quand j'ai entendu les journalistes me désigner comme l'agresseur de ma sœur et de mon oncle, je n'en ai pas cru mes oreilles ! Non seulement j'étais recherché par des gangsters mais aussi par les policiers ! Depuis, je ne cesse de fuir ! Votre « grand ami » Vulkan Sligo m'a fait jeter dans une cuve à mazout. J'ai dormi sous les ponts, dans des abris de fortune, des tunnels souterrains... On m'a pourchassé, tiré dessus, j'ai été mordu par un serpent...

– Et attaqué par un lion... a complété Glasser avec un sourire condescendant.

Je lui ai lancé un regard noir.

– J'ai lu ces histoires, moi aussi, a-t-il précisé.

– Tout ça m'est vraiment arrivé. À moi, ai-je insisté d'une voix qui faiblissait.

– On peut dire que tu ne manques pas d'imagination, a-t-il commenté en posant son stylo.

– Mais je n'invente rien, bon sang ! C'est la vérité ! Je sais que mon récit semble confus – il s'est passé tellement de choses. Cependant tout est vrai ! Je l'ai vécu !

Je voyais bien qu'il n'en croyait pas un mot.

Je m'étais livré entièrement, j'avais dévoilé ma véritable identité, pourtant ce médecin refusait d'accepter ma version des faits ! Il ne se fiait qu'aux faux papiers réalisés par Sligo.

– Intéressant, a-t-il commenté. Très intéressant. Ton attitude enrichit mes connaissances sur les différentes stratégies de déni mises en place par le cerveau humain. Quand je pense que tu es parvenu à inventer une version aussi élaborée pour fuir la vérité... C'est absolument fascinant. Mr Sligo devrait te soutenir dans une carrière de romancier.

Il a gloussé.

Furieux, j'ai bondi de mon siège. Aussi vive qu'un serpent prêt à mordre, la main du psychiatre s'est positionnée au-dessus du bouton d'appel.

J'avais perdu la partie. Sous ses airs arrogants, ce docteur était peut-être quelqu'un de bien, mais jamais il ne me prendrait au sérieux. Qui le pourrait d'ailleurs ?

Je me suis rassis.

– Vulkan Sligo est un escroc, ai-je insisté. Croyez-moi, je vous en prie. Ces papiers d'identité sont des faux.

Le Dr Glasser a reposé sa main sur le bureau. J'ai été surpris de la voir trembler.

– Ben, attaquer la personne qui tente de t'aider n'arrangera pas ton cas. Tu dois faire face à la réalité, aussi horrible soit-elle. Ben...

Submergé par la fureur, j'ai hurlé :

– Je ne m'appelle pas Ben !

Il a continué comme si de rien n'était :

– ... ton imagination débordante, toutes ces sornettes – l'Énigme, les atteintes à ta vie, le lion et le serpent qui t'attaquent, le bateau saboté, le secret susceptible de changer le cours de l'histoire – ne sont qu'une tentative désespérée d'éviter la confrontation avec la réalité. Qui retarde le processus de ta guérison. Tu dois accepter le fait que ton père est mort.

– Mais je ne le nie pas ! Seulement il s'agit de mon père, pas du père de ce Ben Galloway inventé de toutes pièces !

Le Dr Glasser s'est penché au-dessus de son bureau :

– Tu présentes de fortes similitudes avec l'un de mes patients les plus perturbés, Vernon. Le pauvre veut me tuer. Il est persuadé que je ne suis plus moi. Que j'ai été « remplacé » par un étranger.

Je me suis souvenu des cris provenant du bout du couloir, ce matin même.

– C'est exactement ce qui m'est arrivé, à moi ! ai-je crié en tapant du poing sur les documents falsifiés. On a remplacé mon identité par celle d'un autre !

– Du calme, Ben. Vernon est, lui aussi, incapable d'affronter la réalité. Ce n'est pas moi qu'il veut tuer mais la vérité. Vous avez tous les deux des problèmes analogues.

MAI

En voulant clarifier ma situation, je n'avais réussi qu'à l'aggraver. J'ai failli exploser de colère et de frustration. Toutefois cela n'aurait rien arrangé. Je risquais au contraire de retrouver ma camisole de force. J'ai respiré à fond pour me maîtriser.

C'était le Dr Glasser et non moi la personne incapable de discerner le vrai du faux.

– Si tu veux aller mieux, Ben, tu dois faire ton deuil.

– Je n'ai pas besoin de faire mon deuil ! me suis-je exclamé en bondissant à nouveau de mon siège. J'ai juste besoin de sortir d'ici !

Cette fois, la main du Dr Glasser s'est abattue fermement sur le bouton d'appel. Un infirmier a fait irruption dans la pièce, m'a attrapé avant que j'aie pu esquisser le moindre mouvement pour l'éviter. Il m'a tiré dans le couloir. Je me suis démené comme un diable en hurlant et en lui flanquant des coups de pied et des claques pour qu'il me lâche.

En vain. Il me traînait à sa suite comme un vulgaire sac de pommes de terre.

Sans cesser de me débattre, j'ai continué à crier :

– Je ne suis pas Ben Galloway ! Je m'appelle Cal Ormond ! Je suis l'ado-psycho ! C'est moi, l'ado-psycho !

Derrière une porte verrouillée, une voix s'est jointe à la mienne :

– C'est moi l'ado-psycho ! Moi !

Puis une autre voix grave a lancé :

– Non ! C'est moi ! Je suis l'ado-psycho !

– Je suis l'ado-psycho ! s'est exclamé un nouveau malade en camisole de force qu'on traînait, lui aussi, dans le couloir.

C'était sans espoir. Toutes ces voix vociférantes qui singeaient mes propres paroles m'ont réduit au silence.

On m'a ramené dans ma cellule. Les cris se sont tus peu à peu. Je commençais à comprendre qu'ici, la vérité n'était qu'une illusion.

5 mai
J –241

20:02

J'ai fini par me rendre à l'évidence : si je voulais sortir de Leechwood, je n'avais d'autre choix que d'accepter ma fausse identité et de jouer le rôle de Ben Galloway. Je devais reprendre mon enquête sans tarder, c'est-à-dire récupérer mes affaires, puis foncer chez mon grand-oncle Bartholomé à Mount Helicon afin de l'interroger sur la découverte de mon père.

Finalement, posséder une deuxième identité m'offrait un avantage : un pseudonyme qui pourrait me servir de couverture.

Je n'étais dans cet hôpital que depuis quelques jours, pourtant j'avais l'impression d'y avoir passé un mois entier.

La plupart du temps, je restais dans ma chambre, où mes seules distractions consistaient à ingurgiter les repas apportés par un infirmier et à regarder le jardin à travers les barreaux de la fenêtre.

Parfois, Vernon mettait un peu d'animation, hurlant de nouvelles menaces de mort contre le Dr Glasser. Moi, je m'efforçais de m'occuper l'esprit avec le Dangereux Mystère des Ormond et les déductions que Boris et moi avions déjà effectuées. Toutefois, il m'était difficile de me concentrer alors que j'ignorais si je sortirais un jour de cet asile.

Certains événements, parmi les plus étranges du mois dernier – ma nuit de terreur dans le bush, lorsque j'avais dû échapper à la fois aux hommes de main d'Oriana de Witt et aux tirs des militaires ; mes rencontres avec Melba Snipe puis Griff Kirby –, me paraissaient irréels, comme si je les avais vécus en rêve. Pendant un moment je me suis même demandé s'ils n'étaient pas arrivés à quelqu'un d'autre – à celui qui me ressemblait comme un jumeau. Mon sosie. C'était peut-être lui, Ben Galloway.

Non. Cela n'avait aucun sens.

9 mai
J –237

15:31

Je me trouvais de nouveau face au Dr Glasser. Je contemplais fixement la rangée de petits cactus posés sur son bureau.

– Comment te sens-tu cet après-midi ?

J'ai soupiré.

– Pas mal. J'ai davantage l'impression d'être moi-même.

Le Dr Glasser a semblé très satisfait de cette réponse.

– C'est une bonne nouvelle, Ben.

Il m'a tendu le passeport, la carte de transport et l'extrait de naissance.

– Ne les refuse pas, s'il te plaît. Range-les en lieu sûr. Il y a des gens bizarres par ici !

Après avoir ri de sa mauvaise plaisanterie, il a ajouté :

– Maintenant que tu es devenu raisonnable, parlons des autres documents. Les papiers que réclame Mr Sligo. Voilà une semaine que tu es ici. Peut-être te sens-tu disposé à les lui rendre, à présent ?

– Je ne les ai plus, ai-je répondu. On me les a volés. Je suis désolé, c'est la stricte vérité.

Glasser a reculé en soupirant puis saisi un crayon qu'il s'est mis à tripoter.

– Je constate que nous ne sommes pas au bout de nos peines, Ben.

– Pourquoi ne me laissez-vous pas sortir d'ici ? Je pourrais sans doute retrouver ces documents. J'ai ma petite idée sur l'endroit où ils sont.

Ignorant mes paroles, Glasser a pris, sur son bureau, une enveloppe dont il a extrait une lettre. Il l'a dépliée lentement sans cesser de me fixer. Ses lunettes miroitaient dans le soleil qui baignait la pièce.

– Il est hors de question que tu sortes maintenant. J'espérais éviter d'en arriver là, mais te cacher plus longtemps la vérité ne servirait à rien. Tu as l'air de croire qu'on t'a enfermé ici à tort. Eh bien sache, Ben, que cela ne se produit jamais à Leechwood. Nous sommes au XXIe siècle. Cet établissement est l'un des centres thérapeutiques les plus performants et les plus modernes du pays, et non pas une prison gothique de film d'horreur. Tiens, tu dois lire ceci et en accepter la teneur.

Il m'a tendu la lettre.

Cabinet du Dr M. OPPENHEIMER

Cher Alistair,

Ben Galloway m'a été adressé en raison de violents accès de rage incontrôlés ayant mis en danger plusieurs personnes dont des membres de sa famille.

Avant la mort de son père, ce garçon, d'un tempérament calme, n'avait jamais manifesté de signes de violence ou d'agressivité. À mon avis, son refus de la mort du père est à l'origine de ces dangereuses manifestations. Dès qu'il sera en mesure d'admettre ce qui s'est passé et de donner libre cours à son chagrin, ces pulsions agressives disparaîtront d'elles-mêmes.

Oppenheimer

Dr Manfred Oppenheimer

– Tu vois, Ben. Mr Sligo n'est pas le seul à s'inquiéter pour toi. Tu m'as été adressé par l'un des meilleurs spécialistes du pays. Le docteur Manfred Oppenheimer est une sommité dans le domaine de la psychiatrie. Alors, pourquoi ne pas suivre son conseil ? Entre nous, Ben, crois-tu réellement être la victime d'un complot tordu visant à te garder prisonnier ici ?

– Oui, parfaitement ! Je ne connais pas ce docteur Oppenheimer – je n'en ai jamais entendu parler. Cette lettre est sans doute un faux, comme ces papiers d'identité établis au nom de Ben Galloway et portant ma photo ! Sligo a dû payer ce médecin pour rédiger ce courrier ! Ou le menacer afin qu'il le fasse ! Sligo a bien tenté de me tuer. C'est lui qui est violent et dangereux !

Le Dr Glasser a retiré ses lunettes, froncé les sourcils, essuyé les verres, puis replacé la monture sur son nez.

Je me suis aussitôt rendu compte que j'avais commis une erreur en niant une nouvelle fois être Ben Galloway.

– Bon, a déclaré le psychiatre avec un soupir patient. Il me semble que tu n'as pas été honnête avec moi. J'ai l'impression que tu as admis être Ben Galloway simplement pour me faire plaisir. Ce genre de manœuvre est un grand classique de la relation entre thérapeute et patient ; elle ne me surprend pas.

Désemparé, je me suis tassé sur mon siège. J'étais enfermé dans un cercle vicieux. Si j'affirmais être Cal Ormond, le Dr Glasser m'accusait de délirer. Si je reconnaissais être Ben Galloway, il était convaincu que je tentais de l'amadouer. Quelle que soit mon attitude, j'étais fichu. J'ai pris une profonde inspiration et fait machine arrière.

– Je suis désolé de vous avoir donné cette impression. C'est juste que... c'est très perturbant de se débarrasser de ce mensonge. Je sais bien que je suis Ben Galloway. Et que Ray Galloway était mon père.

J'ai décidé d'en rajouter un peu dans la comédie. Les coudes sur le bureau, j'ai pris ma tête entre mes mains.

– C'était dur, ai-je soupiré d'un air absent. La mort de mon père a été la pire épreuve que j'aie eue à traverser. Il me manque tellement. Il était tout pour moi. Mon père, mais aussi mon meilleur ami. Parfois, j'ai si mal que je n'ai plus envie d'être moi.

Mes yeux se sont brusquement emplis de larmes, que j'ai refoulées. Je ne jouais peut-être pas autant la comédie que je le croyais.

Le Dr Glasser s'est penché en avant.

– Merci d'accepter de te livrer ainsi, Benjamin, a-t-il déclaré sur un ton très sincère. Je comprends ta confusion, et l'immense perte que tu ressens. Je suis ici pour te soutenir, pas pour te tourmenter davantage.

Il s'est calé contre le dossier de son fauteuil qu'il a fait pivoter d'un côté, puis de l'autre, tout en fronçant ses sourcils broussailleux avant de reprendre :

– Ben, tu dois donner les papiers de ton père à Mr Sligo.

– Je suis vraiment désolé. Comme je vous l'ai dit, je ne les ai plus. Je vous le jure. On me les a volés.

– Volés ?

– Oui.

Glasser s'est départi de toute sa gentillesse doucereuse pour reprendre son attitude suspicieuse.

– Nier ne t'aidera pas, Ben. Rends-toi compte de la situation. Ta résistance ne fait qu'aggraver ton cas.

J'ai insisté :

– Je dis la vérité. Ces documents m'ont été volés.

Le Dr Glasser gardait un air frustré et déçu. Sans doute avait-il cru que « Ben Galloway » changerait de registre.

– Très bien, restons-en là, a-t-il conclu, convaincu qu'il avait affaire à un menteur.

En fin de compte, mes efforts n'avaient abouti à rien.

J'ai brutalement repoussé mon siège.

– Vous ne pouvez pas me garder comme si j'étais prisonnier ! me suis-je écrié. Je veux sortir d'ici !

Pourquoi n'appelez-vous pas le docteur Oppenheimer ? Il témoignera qu'il ne m'a jamais rencontré, j'en suis sûr !

– Je vois. Tu suggères que nous sommes tous impliqués dans un complot dirigé contre toi, c'est bien ça ?

Il a secoué la tête.

– J'ai déjà parlé au docteur Oppenheimer. Je lui ai téléphoné le jour de ton arrivée. M'entretenir avec les médecins qui t'ont suivi fait partie de mon travail. Et Manfred a confirmé les conclusions inscrites dans sa lettre.

La situation était donc sans espoir. Sligo avait pensé à tout.

– Et ne t'imagine pas que la violence puisse t'être utile, a ajouté le Dr Glasser d'un ton solennel. Il me suffit d'appuyer sur ce bouton pour que les infirmiers pénètrent dans ce bureau en quelques secondes, tu le sais.

– Je n'ai pas l'intention d'agresser qui que ce soit. Et je ne souffre d'aucun désordre mental. Je veux juste sortir d'ici.

– Tu as commencé par concocter cette histoire abracadabrante de cavale, en t'inspirant de la vie du jeune fugitif recherché par la police. Mais c'est la vérité que tu tentes de fuir, Ben ! Tu t'es emparé des aventures de ce garçon pour te créer une sorte de couverture émotionnelle. Elle te protège de tes propres malheurs que tu es incapable d'affronter.

Franchement, Ben, en conservant ces documents, crois-tu maintenir ton père en vie ? Le garder près de toi ?

Étrangement, ce discours destiné à Ben Galloway m'a ébranlé. J'ai songé à tous les espoirs que je mettais dans ces documents. La quête de la vérité sur le DMO, le Dangereux Mystère des Ormond, maintenait effectivement mon père en vie dans mon esprit. Je ne voulais pas abandonner la partie. Jamais.

– Ton père n'est plus, Ben, a continué le Dr Glasser. Il est mort. Ce ne sont pas des bouts de papier qui te le ramèneront. Plus vite tu le comprendras, plus vite tu sortiras d'ici.

Troublé par ses paroles, j'ai bondi en avant. Aussitôt, le psychiatre a enfoncé le bouton d'appel tout en reculant son fauteuil.

Une seconde plus tard, Musclor, l'énorme infirmier au crâne rasé, se précipitait dans la pièce pour me saisir à bras-le-corps.

– Je crois que tu vas rester un moment avec nous, Ben, a déclaré Glasser en se levant et en rajustant sa veste. Ramenez Mr Galloway dans sa chambre, s'il vous plaît, a-t-il ajouté à l'intention de l'infirmier.

– On lui fait une piqûre, docteur ? a demandé Musclor.

Le médecin s'est tourné vers moi.

– Inutile, tu vas être sage, Ben, n'est-ce pas ?

MAI

16:15

Musclor m'a empoigné par l'épaule et entraîné hors de la pièce. Avec sa large carrure, son torse énorme enveloppé dans sa blouse verte d'hôpital, et sa petite tête lisse et ronde à l'expression renfrognée, il me faisait penser aux gigantesques génies des contes orientaux.

– Avance, m'a-t-il pressé en me poussant dans le couloir.

Une fois de plus, j'avais raté mon coup. Je n'étais pas certain de parvenir à regagner la confiance du Dr Glasser. Il fallait donc que je tente de m'évader.

Au milieu du couloir débouchait l'escalier menant au premier étage, où se trouvait ma chambre. De l'escalier aux doubles portes vitrées, j'ai évalué la distance à une vingtaine de mètres. Un plan a commencé à prendre forme dans mon cerveau.

Calme et obéissant, j'ai suivi Musclor dont la poigne de fer pesait toujours sur mon épaule. Arrivé au pied de l'escalier, au lieu de monter sur la première marche, je me suis libéré en pivotant brusquement puis j'ai détalé aussi vite que possible vers les portes vitrées. Pris par surprise, l'infirmier s'est mis à hurler :

– Arrêtez ce patient ! Alerte ! Un malade dangereux s'échappe !

16:17

J'ai couru à toutes jambes vers le bout du couloir, passant en trombe sous les yeux éberlués des médecins et des infirmiers qui jaillissaient de leurs bureaux. Deux d'entre eux ont tenté de me barrer la route mais je me suis esquivé. J'ai également évité un autre infirmier qui venait de franchir les doubles portes. Il a perdu l'équilibre quand je l'ai bousculé. J'ai poursuivi mon chemin à la vitesse d'une fusée.

J'y étais presque ! Derrière moi, j'entendais le martèlement des pas de mes poursuivants auquel s'est ajouté le hurlement d'une sirène. Des lumières rouges se sont mises à clignoter au plafond. Heureusement, je me jetais déjà sur les portes que je venais d'atteindre !

Elles se sont ouvertes ! J'étais dehors !

J'ai bondi au bas des marches puis je me suis rué dans une allée que j'avais remarquée depuis la fenêtre de ma chambre. Je savais qu'elle menait à l'entrée principale car j'avais vu des visiteurs l'emprunter dans les deux sens. Stimulé par le hurlement strident de la sirène, j'ai accéléré de plus belle. Mes bras et mes jambes fendaient l'air. Du coin de l'œil, j'ai repéré un infirmier prêt à me plaquer au sol. J'ai effectué un crochet digne d'un ailier de rugby. L'infirmier a poussé un grognement et s'est écrasé par terre en jurant.

L'allée tournait. Devant moi, j'ai aperçu les grilles en fer vert foncé de la sortie, encadrées de piliers en pierre. Leurs épais barreaux étaient surmontés de pointes. Dans mon dos, mes poursuivants gagnaient du terrain.

Parvenu à la grille, j'ai réussi à agripper du bout des doigts les gonds supérieurs et à coller mes pieds contre la pierre pour me hisser jusqu'au sommet du pilier.

J'avais réussi ! J'ai poussé un cri de triomphe.

C'est tout juste si j'ai remarqué que je m'étais éraflé les tibias en franchissant le mur.

16:20

Prenant mes jambes à mon cou, j'ai dévalé la route sans me soucier de la direction que j'empruntais. Je ne pensais qu'à contacter Boris, à récupérer les dessins et l'Énigme, et à quitter la ville pour me rendre chez mon grand-oncle, à Mount Helicon. Tête baissée, coudes au corps, j'ai fui en redoublant d'ardeur.

16:27

Un crissement de pneus m'a alerté. Une ambulance a freiné à ma hauteur, enjambé le trottoir et dérapé sur le côté. J'ai manqué m'écraser contre elle et retenu un hurlement de frustration.

Accompagné d'un autre infirmier, Musclor a jailli. J'ai voulu contourner le véhicule par l'arrière mais les deux hommes m'ont sauté dessus, bloqué de part et d'autre et plaqué brutalement sur la carrosserie.

Tout en me tordant le bras droit dans le dos, Musclor a sifflé à mon oreille :

– Jolie tentative. Tu as failli réussir. Je te préviens : si tu bouges, je te casse le bras !

14 mai
J –232

10:00

Après ma tentative d'évasion, on m'a passé la camisole de force que j'ai gardée pendant les deux plus longues journées de ma vie. C'était horrible. L'enfer absolu. Mon plan avait complètement échoué : on me surveillait encore plus étroitement qu'avant. Dehors, les oisillons s'étaient envolés. Le petit nid de boue séchée s'était brisé. Il n'en restait plus aucune trace, comme s'il n'avait jamais existé.

Tous les matins, Vernon, le patient fou, hurlait ses menaces dans le couloir. Je m'efforçais d'ignorer ce vacarme et de réfléchir au moyen de m'échapper. Mais quelle tactique adopter ?

Pendant ce temps, mes ennemis se rapprochaient peut-être à grands pas de la solution de l'Énigme Ormond, ou de l'interprétation des dessins de mon père. Une avocate criminaliste comme Oriana de Witt connaissait sans doute des experts dans le monde entier : des casseurs de codes, des cryptographes. En ce moment même, qui sait s'ils n'étaicnt pas en train d'en percer les secrets ? Je sentais la panique me gagner. Il était urgent que je réagisse.

Je devais à tout prix m'évader de Leechwood.

15 mai
J –231

08:02

Quand l'infirmière m'a apporté le plateau du petit déjeuner, je l'ai interpellée. C'était une nouvelle. Elle devait mesurer plus d'un mètre quatre-vingts. Ses yeux bleus et ses cheveux blonds ondulés ne m'ont pas trompé : elle avait le visage aussi dur que l'acier et une carrure d'athlète. Elle me faisait penser à Sumo, en plus mince.

– Je m'appelle Gilda, a-t-elle annoncé d'une voix cassante.

– Je veux voir le docteur.

J'en avais assez d'être enfermé dans cette cellule. Il fallait que je sorte.

– Chaque chose en son temps, a-t-elle répliqué. Aujourd'hui, tu auras le droit de passer une demi-heure dans la salle commune après le déjeuner.

Le docteur Glasser espère que tu ne chercheras pas à attirer l'attention et que tu feras enfin ce qu'on te demande. Alors, tiens-toi tranquille. Sans quoi ta situation pourrait empirer.

Elle est partie en verrouillant la porte. La menace contenue dans ses paroles ne m'a pas échappé.

08:31

Après avoir avalé mon petit déjeuner, j'ai regardé par la fenêtre, à travers les barreaux, ma capuche sur la tête à cause de la fraîcheur de l'air ambiant[1]. J'ai vu des patients déambuler dans le jardin. Je distinguais le bruit lointain de la circulation. Mon envie de fuir était plus forte que jamais. Sortir de ma chambre cet après-midi ne suffirait pas. Il fallait que je quitte cet asile de fous une bonne fois pour toutes.

14:05

Gilda est venue me chercher. Sa poigne de fer enserrant mon bras, elle m'a conduit au rez-de-chaussée.

– Tu vois, Ben, la vie ici peut s'avérer très agréable, tant qu'on jouit de certains privilèges. Télévision, téléphone, et même des petites attentions – ton plat préféré, par exemple. Pour les

1. En Australie, comme dans tout l'hémisphère sud, les saisons sont inversées.

patients qui coopèrent, c'est presque comme à l'hôtel. Le docteur Glasser espère donc que tu vas devenir raisonnable. Moi aussi.

Sa technique de persuasion m'a rappelé la stratégie du bon et du méchant policiers. Était-ce une tentative pour m'amadouer, en alternant menaces et récompenses ?

Je l'ai suivie dans la salle commune.

– Prends un siège, m'a-t-elle lancé avant de partir en refermant la porte à clé.

La pièce, tout en longueur, contenait des chaises et des tables en plastique, une télévision, des boîtes de dominos et d'autres jeux de société en piteux état, ainsi que quelques coussins posés par terre. Plusieurs patients s'y trouvaient, occupés à s'entretenir avec eux-mêmes. Aucun n'a bronché à mon arrivée. Je me suis assis à une table, au fond, près d'une grande fenêtre. J'ai remarqué qu'elle était verrouillée, munie de barreaux, et à peine entrouverte de trois ou quatre centimètres dans sa partie haute. Chaque carreau était encadré d'un ruban adhésif argenté dissimulant les fils d'une alarme.

La salle sentait le désinfectant à l'eucalyptus avec lequel on avait nettoyé le sol. Des marques de brûlures de cigarette constellaient le dessus de la table.

Je me suis retourné : quelqu'un venait de s'asseoir lourdement derrière moi.

C'était un individu pâle et grassouillet dont les yeux étranges, bordés de cils blancs, paraissaient me regarder sans me voir. Avec sa tête chauve et ses joues rebondies, on aurait dit un gros bébé.

– Tu es nouveau ? m'a-t-il lancé tandis que je le dévisageais.

Avant que j'aie pu répondre, il a rapproché sa chaise de la mienne et murmuré, en se penchant vers moi :

– Ils ont remplacé ma mère, tu sais.

Était-ce lui, Vernon, le malade dont m'avait parlé Glasser ? Celui dont les cris et les menaces retentissaient chaque jour dans le couloir de l'étage ? Perplexe, j'ai froncé les sourcils tandis qu'il poursuivait :

– Elle ressemblait à ma mère et se conduisait comme ma mère, seulement, moi, je connaissais la vérité. Ce n'était pas elle. Ma vraie mère était emprisonnée à l'intérieur. Je n'avais pas le choix : je devais la libérer.

– Et tu as réussi ? ai-je demandé en ignorant dans quel genre de conversation je m'engageais.

Il a détourné les yeux sans répondre.

– Ensuite, ils ont remplacé mon frère, a-t-il repris en hochant lentement la tête. C'est ce qu'ils font. Ils remplacent les gens. Ça se devine dans les yeux de leurs victimes : elles ont beau ressembler à qui elles étaient, elles ne sont plus les mêmes.

Ne sachant comment réagir à ces paroles déroutantes, je me suis contenté d'écouter.

– Le docteur Glasser. C'est l'un d'eux, un des remplacés. Il va falloir que je m'en occupe. Ses yeux ont nettement changé.

Son discours m'a mis mal à l'aise. Ce type, sans doute le fameux Vernon, paraissait complètement dingue, cependant je ne pouvais m'empêcher de trouver une étrange similitude entre ses divagations et ma situation : ma propre identité avait été substituée par celle de Ben Galloway.

L'espace d'une seconde, la réalité m'a semblé vaciller comme une toile peinte servant de décor à une pièce de théâtre. J'ai regardé autour de moi. Est-ce que je devenais fou ? Avais-je ma place ici ? Avais-je été « remplacé », moi aussi ?

Derrière nous, quelqu'un a tout à coup augmenté le son de la télévision au maximum. Surpris, mon interlocuteur et moi avons tous deux pivoté sur nos sièges. Debout à côté du poste, un patient applaudissait tandis que les autres se bouchaient les oreilles en gémissant.

J'ai aperçu quelques images d'un match de football. Puis le visage séduisant d'une présentatrice a rempli l'écran, soudain suivi par la maison de mon oncle Ralf ! Une ambulance était stationnée devant le portail de l'entrée. Je suis resté bouche bée, les yeux écarquillés.

La voix assourdissante de la journaliste a commenté :

– Police et secouristes ont été appelés ce matin de bonne heure dans une villa du cap Dauphin où Erin Ormond, la mère de Cal Ormond, l'adolescent fugitif, semble avoir été victime d'une agression brutale, sans doute à la suite d'une tentative de cambriolage. Pour l'instant, la police ignore si cet incident a un rapport avec le fils de la victime, mais elle ne peut exclure cette éventualité. Mrs Ormond a été transportée à l'hôpital.

En la découvrant allongée sur un brancard que l'on faisait glisser dans l'ambulance, j'ai bondi de ma chaise et crié, la main tendue vers l'écran :

– C'est ma mère ! Elle est blessée ! Il faut que j'aille la voir !

– Baisse le son ! a braillé une voix.

– Baisse-le, par pitié ! a supplié une autre.

La présentatrice a continué :

– Cal Ormond, l'adolescent suspecté de tentative de meurtre, est en fuite depuis le mois de janvier. La police a lancé un appel à témoins et recherche toute information susceptible de l'aider à le retrouver. Toutefois, elle recommande à quiconque l'apercevrait de ne pas l'approcher, car il est sans doute armé.

– C'était ta mère ? a couiné le gros joufflu. Ils veulent la remplacer, elle aussi ? Il faut les arrêter ! Ils vont s'emparer du monde entier !

J'entendais à peine ses paroles à cause du son assourdissant de la télévision et des cris implorants des fous. Soudain, l'homme s'est précipité vers la porte de la salle commune et s'est mis à tambouriner avec ses poings en hurlant :

– Ils vont s'emparer du monde entier ! Il faut les empêcher avant que nous soyons tous remplacés ! Avant qu'il soit trop tard !

14:15

Que s'était-il passé ? Ma mère allait-elle survivre ? Vulkan Sligo était-il responsable de cette agression ? Le Dr Glasser lui avait peut-être appris que je n'avais pas les documents et il avait décidé de s'en prendre à ma famille ?

J'ai couru à mon tour vers la porte qui venait de s'ouvrir : le tapage hystérique du gros joufflu avait alerté du monde.

La tête en feu, il m'a fallu quelques secondes pour comprendre que les cris des patients et le vacarme de la télévision, ajoutés aux coups sur la porte, avaient recouvert le bruit de la sirène d'alarme qui résonnait dans tout l'hôpital.

Pris d'un accès de furie, le gros joufflu est sorti en trombe après avoir bousculé ceux qui avaient ouvert et a semé la pagaille dans tout l'établissement. Je l'ai entendu pousser des hurlements, jeter des objets par terre.

C'était le chaos. Les infirmiers couraient dans tous les sens. De partout fusaient des cris et des éclats de voix, qui produisaient une incroyable cacophonie.

Négligée dans la panique, la porte de la salle commune béait ! C'était peut-être ma chance. Je devais rejoindre ma mère !

À l'autre bout du couloir, Musclor s'égosillait :

– Vernon nous a échappés ! Dispositif d'urgence !

– Un de mes couteaux à découper a disparu de la cuisine ! a hurlé une autre voix.

Je me suis rué dans le couloir où des infirmiers galopaient dans toutes les directions. Gilda poursuivait Musclor qui courait derrière Vernon qui brandissait le couteau de cuisine devant lui. Tout le monde semblait m'avoir oublié. Il fallait que j'en profite !

14:23

J'ai filé vers les doubles portes vitrées, mais elles étaient fermées à clé ! Évidemment ! Avec Vernon hors de contrôle, toutes les précautions avaient été prises.

Je me suis demandé où se trouvait le Dr Glasser. Même si je ne l'aimais pas, j'espérais qu'il s'était réfugié à l'abri. Vernon tenterait-il de libérer le « vrai » Dr Glasser avec son couteau ? Rien que d'y penser, j'en avais des frissons.

La sirène hurlait toujours. Au comble de la panique, j'ai cherché une issue. Le bureau de la réception, situé vers le milieu du couloir, était vide.

Je me suis glissé à l'intérieur. Je tenais enfin une chance de contacter Boris. J'ai décroché le téléphone. La ligne était coupée !

Sur la table, l'ordinateur bourdonnait. Je me suis assis devant le clavier. Les hurlements de la sirène me transperçaient les tympans et m'empêchaient de me concentrer. Malgré mes doigts tremblants, j'ai réussi à ouvrir le logiciel de messagerie.

Je percevais à nouveau des voix dans le couloir. La meute approchait ! Je devais m'activer si je voulais envoyer un mail à Boris…

Nouveau message

De : admin@leechwood.com

À : einstein@gmail.com

Objet : À L'AIDE !

C'est moi. Suis enfermé à Leechwood.
L'ASILE DE FOUS !
Ils croient que je m'appelle BEN GALLOWAY.
Viens d'entendre les infos sur ma mère.
Aide-moi STP !
SORS-MOI DE LÀ !

J'allais poursuivre quand des pas se sont rapprochés dangereusement. J'ai cliqué sur « Envoyer » puis effacé le message du dossier « Éléments envoyés ».

Je me suis levé à l'instant où une silhouette apparaissait sur le seuil de la porte.

14:26

En voyant le couteau dans la main de l'intrus, je me suis figé. Le gros joufflu agitait sous mon nez une longue lame aiguisée comme un rasoir.

– Vernon, qu'est-ce que tu fais, mon vieux ? ai-je lancé aussi calmement que possible.

– Je viens… vérifier… c'est tout, a-t-il articulé.

Il s'est approché. J'ai senti son souffle brûlant sur ma joue. Son regard m'a transpercé.

Les siens, écarquillés, semblaient vouloir jaillir de son visage empourpré. Le couteau se balançait toujours à quelques centimètres de moi, si proche que je distinguais mon reflet sur l'acier poli.

– Tu as l'air normal pour l'instant, a-t-il constaté en reculant un peu, satisfait de ce qu'il avait lu dans mes yeux. Mais les autres… ils ont besoin de mon aide.

Des larmes tremblotaient au bord de ses cils blancs. Elles ont roulé sur ses joues.

– Je dois empêcher qu'on les remplace. C'est très mal… de remplacer les gens. Très, très mal.

– Oui, ai-je approuvé. J'en sais quelque chose, mais on pourrait peut-être trouver une autre solution ensemble. Qu'en dis-tu ?

J'éprouvais une peur atroce. En même temps j'étais triste de le voir dans cet état.

– Où est-il ? a-t-il demandé en jetant un coup d'œil circulaire. Où est le docteur Glasser ?

J'ai essayé de contrôler les tremblements de ma voix.

– Il n'est pas ici. Tu ferais bien de poser ce couteau. Si tu veux alerter les gens du danger qu'ils courent, il vaut mieux ne pas les effrayer avec une arme.

Il a baissé les yeux vers le couteau, puis les a relevés vers moi. Pendant un long moment, nous nous sommes dévisagés. Il a reniflé légèrement, s'est essuyé le nez avec le dos de sa main libre. Toutefois l'autre tenait toujours fermement l'arme. Il m'était impossible de sortir de la pièce. Ni lui ni moi ne savions comment réagir.

Soudain j'ai repéré Musclor et Gilda qui nous observaient depuis la porte en tentant une approche prudente.

Dès qu'il a entendu du bruit derrière lui, Vernon a fait volte-face, mais trop tard : Musclor et Gilda se précipitaient déjà sur lui pour le plaquer au sol. Un autre infirmier est arrivé en courant, lui a enfoncé son genou entre les omoplates et lui a ôté le couteau des mains. Alors que les trois infirmiers se dirigeaient vers la sortie en traînant Vernon, ce dernier a tourné vers moi des yeux pleins de larmes.

La tristesse et le désespoir de son regard m'ont rappelé le fou qui, dans ma rue à Richmond, m'avait mis en garde au sujet de la Singularité Ormond et des trois cent soixante-cinq jours auxquels je devrais survivre... Quand les infirmiers l'avaient emmené, j'avais lu la même peur, la même angoisse dans ses yeux.

14:33

J'avais réussi in extremis à survivre un jour supplémentaire. Titubant de soulagement, j'ai failli tomber à la renverse sur un fauteuil roulant qui se trouvait derrière moi. Alertée par le cliquetis métallique, Gilda s'est retournée brusquement.

– Qu'est-ce que tu faisais ici, Ben ?

Elle a laissé ses collègues emmener Vernon.

– Je ne savais pas où me cacher. J'avais peur. J'essayais d'échapper à ce fou dangereux.

Elle s'est précipitée sur le téléphone et a décroché le combiné.

– Il a coupé la ligne. Incroyable !

J'ai retenu ma respiration. Se doutait-elle que j'avais utilisé l'ordinateur pour envoyer un message ? Je ne le pensais pas. Avec un regard appuyé, elle m'a ordonné de sortir puis a verrouillé la porte du bureau derrière nous.

MAI

20:26

La situation a mis longtemps à rentrer dans l'ordre après la crise de Vernon. Finalement, tous les patients ont été localisés et consignés dans leur chambre. Moi y compris.

Le dîner a été servi tard. Peu m'importait : je n'avais pas d'appétit. Un silence sinistre planait dans l'air confiné. Qu'avaient-ils fait de ce pauvre Vernon en proie au délire ?

J'avais le cerveau en compote. Boris serait désespéré d'apprendre où j'avais atterri. J'espérais qu'il trouverait rapidement le moyen de m'aider. J'espérais aussi qu'il ne m'en voulait plus après notre dispute dans le hangar à bateaux. Je l'entendais encore me lancer avec colère :

– Elle est mignonne, d'accord, mais ses amis ont voulu te tuer !

J'ai repensé à la scène effrayante que j'avais vue à la télévision : ma mère couchée sur un brancard, les yeux clos. Qui s'occuperait de Gaby si elle était à l'hôpital ? Ralf ? Où était-il d'ailleurs ? Avait-il échappé aux cambrioleurs ? La peur et l'inquiétude me serraient le ventre.

19 mai
J –227

14:53

J'ai émergé à grand-peine d'un sommeil agité. Les sanglots désespérés d'un bébé étaient revenus me hanter, de même que la sensation de désolation glacée qui accompagnait toujours ce cauchemar familier. On frappait à ma porte. Hébété, j'ai trouvé la force de me redresser sur mon lit. Depuis plusieurs jours, j'errais comme un zombie, perdu, sans but.

Gilda a passé la tête dans ma chambre.

– Bientôt trois heures de l'après-midi ! Il est temps de se lever, jeune homme. Tu as des visiteurs.

Soudain très nerveux, je me suis assis.

– Des visiteurs ?

– Oui ! Des visiteurs ! a-t-elle répété sur un ton sec.

L'image de ma mère couchée sur le brancard a surgi dans mon esprit. Ralf m'avait-il retrouvé ? Venait-il m'annoncer une mauvaise nouvelle ?

– Cela t'étonne de recevoir de la visite ? Le docteur Glasser pense que c'est une bonne idée. Tu dois te socialiser, Ben, voir tes amis. En espérant que cela te rappellera la vie que tu as laissée derrière toi.

– Mes amis ?

Je ne comprenais pas. Gilda avait utilisé le mot au pluriel. Il ne s'agissait donc pas de Ralf. Mon soulagement a été de courte durée. Et s'il s'agissait de Kevin et Sumo ? Ou de Sligo et ses acolytes ?

– Comment s'appellent-ils ?

– Je n'en sais rien ! Ils t'attendent dans la salle commune. Exceptionnellement, tu peux porter ton jean et ton sweat. Dépêche-toi de t'habiller. Le docteur Glasser veut te voir d'abord.

14:59

J'ai traversé le couloir conduisant au bureau du psychiatre. Je n'en menais pas large. Qui pouvaient être ces soi-disant amis ? Allais-je encore me faire agresser ou jeter dans une nouvelle geôle ? Je craignais le pire.

MAI

Quand je suis entré, le Dr Glasser m'a paru plus corpulent que d'habitude. Puis j'ai réalisé qu'il portait un épais gilet de protection sous sa veste. Il avait sans doute revu sa garde-robe après le dernier accès de rage de Vernon !

– Manifestement, Vulkan Sligo n'est pas le monstre que tu imagines, Ben, m'a-t-il annoncé. Il a contacté tes amis pour les informer que tu étais hospitalisé ici. Le droit aux visites est un privilège qui dépend de la coopération du patient. Il ne tient donc qu'à toi de retrouver tes proches.

Je brûlais de lui expliquer que j'avais vu ma mère blessée à la télévision, qu'il devait me laisser sortir pour la rejoindre, mais je me suis retenu. Pour l'instant, mieux valait jouer le rôle de Ben Galloway, me montrer obéissant, disposé à faire tout ce que le Dr Glasser ou Vulkan Sligo exigeraient de moi.

Je me suis assis en face du psychiatre.

– Je suis prêt à collaborer, ai-je déclaré. Je vous écoute.

– Tu t'es montré plus coopératif ces derniers temps, signe que tu fais des progrès. Acceptes-tu de me révéler où sont cachés les documents dont Mr Sligo a besoin ?

J'ai pris le temps de réfléchir. Si je disais à nouveau la vérité – que j'ignorais où ils étaient –, je ne serais sûrement pas autorisé à recevoir la visite de ces fameux amis. Je devais imaginer une réponse satisfaisante. Une idée lumineuse m'a traversé l'esprit.

– Je ne les possède plus, toutefois je sais qui les détient : Oriana de Witt, l'avocate criminaliste. Elle les conserve précieusement.

Le Dr Glasser en a pris note.

– Répétez-le à Mr Sligo, ai-je ajouté. Il pourra se les procurer au bureau de Maître de Witt.

Le psychiatre a levé vers moi des yeux étonnés.

– L'autre jour, tu prétendais que cette avocate t'avait kidnappé.

– Oui. J'ai menti, désolé. Parfois, je ne peux pas m'en empêcher. Je suis emporté par mon imagination, je fabule. Mais cette fois, je suis sincère. C'est elle qui détient les documents. Pourquoi inventerais-je une histoire pareille ?

– J'espère que tu dis vrai. Dans notre intérêt à tous les deux, Ben.

Je n'étais pas sûr d'avoir choisi la bonne stratégie, néanmoins il fallait qu'elle contribue, du moins je l'escomptais, à dresser Vulkan Sligo et Oriana de Witt l'un contre l'autre, ce qui me laisserait un peu de répit.

Le Dr Glasser a enfoncé le bouton d'appel sur son bureau. Aussitôt Gilda est entrée.

– Je t'autorise à voir tes amis, Ben. Cependant, si jamais je constate que tu m'as encore servi l'une de tes affabulations, tu ne recevras plus jamais de visites.

Sa menace m'a fait froid dans le dos.

15:17

Gilda m'a escorté en me tenant fermement par le bras.

– Tes visiteurs t'attendent dans la salle commune, Ben. J'ai de la paperasse en retard à traiter, mais je garde un œil sur toi.

Dès que je suis entré dans la pièce, j'ai découvert qui étaient ces fameux « amis » au milieu des patients et des rares visiteurs. Ma bouche s'est fendue d'un grand sourire, ce qui ne m'était pas arrivé depuis bien longtemps.

15:20

– Je suis tellement content de te voir, mon vieux ! me suis-je écrié en courant vers Boris qui patientait, assis à une table près de la fenêtre.

Il a bondi pour me serrer dans ses bras.

– Et moi donc, mon pote !

En reculant d'un pas, j'ai vu qui l'accompagnait.

– Winter.

J'étais sidéré que Boris l'ait amenée avec lui.

– Salut, Ben, a-t-elle lancé.

Je me suis rappelé la dernière fois où nous nous étions parlé, au mausolée de Memorial Park, juste avant que la Subaru noire de Sligo fasse son apparition. Juste avant que le hangar à bateaux soit saccagé et que je perde connaissance.

– Elle est super, a dit Boris, comme si ce constat expliquait tout.

D'énormes lunettes de soleil à monture rouge en forme de cœur dissimulaient le haut du visage de Winter. Elle les a retirées lentement sans me quitter des yeux. Elle portait une veste grise, une jupe violette, des Converse blanches et un bonnet en laine sur ses longs cheveux qui lui tombaient sur les épaules.

Je me suis tourné vers Boris.

– Ainsi tu as reçu mon mail. Un jour, je te raconterai ce qui se passait pendant que je te l'envoyais. Il y a de quoi devenir dingue ici !

– On était malades d'inquiétude pour toi, Cal, a-t-il déclaré. Je suis allé jusqu'à fouiller la casse de vieilles voitures de Sligo. Je me demandais si tu ne flottais pas à la surface de la cuve à mazout. Ou dans les eaux du port. Comme je suis heureux de revoir ta tronche !

– Et moi la tienne, vieux ! Je suis vivant, mais il faut à tout prix sortir d'ici. Qu'est-il arrivé à ma mère ?

Boris et Winter ont échangé un regard prudent.

– Ah, j'oubliais, tu es au courant, a répondu Boris. Hier soir, j'ai parlé à Marjorie, ta voisine, qui lui a rendu visite à l'hôpital. D'après la police, ta mère aurait surpris un cambrioleur. Il l'a assommée. C'est sans gravité. Le médecin lui a juste fait quelques points de suture. Il la garde en observation. Elle ne devrait pas tarder à rentrer chez elle, demain sans doute. On connaîtra alors toute l'histoire. Ne t'inquiète pas, mec.

– Et Gaby ? Et Ralf ? Où était-il quand ma mère a été attaquée ?

– Gaby ne s'est toujours pas réveillée, mais son état s'améliore. Quant à Ralf, il était absent au moment de l'agression. Heureusement, parce que ça aurait pu dégénérer s'il avait tenté de la défendre.

J'ai acquiescé.

– La police me soupçonne ?

Boris a jeté un coup d'œil gêné, qui en disait long, à Winter.

– On n'en sait rien, a-t-elle répondu. L'important, pour nous, est de découvrir le véritable coupable. Sligo ? Oriana de Witt ? Ou un simple cambrioleur ?

Boris a approuvé d'un hochement de tête. J'hallucinais de voir ces deux-là s'entendre aussi bien.

– J'ai perdu tous mes documents dans le hangar à bateaux, ai-je annoncé. Il faut...

– Cool, m'a interrompu Boris en souriant. Tes affaires sont en sécurité. Là-dedans !

Il s'est penché pour tapoter un sac à dos posé à côté de sa chaise.

– Quoi ! Qu'est-ce que tu racontes ?

– J'y suis retourné. Quand j'ai quitté le hangar à bateaux, la voiture de Sligo a surgi au bout de la rue. J'ai compris que ça allait chauffer. Puis je t'ai vu sauter dans l'eau et t'éloigner à la nage, sans ton sac à dos. Pendant ce temps-là, les gorilles étaient descendus de voiture et se lançaient à ta poursuite. J'en ai profité pour me glisser dans le hangar et mettre le contenu de ton sac dans le mien. Juste au moment où je le refermais, je les ai entendus revenir. Je n'ai pas traîné, tu peux me croire. J'ai filé à la vitesse de la lumière !

Winter lui a adressé un sourire.

– Je te présente Super Boris, le nouveau héros du coin, a-t-elle plaisanté.

– Hé ! Pas d'insultes, ma petite. Moi qui commençais à me faire à l'idée que tu n'es peut-être pas totalement malfaisante...

Elle a éclaté de rire en lui donnant une bourrade. J'aurais dû me réjouir, mais leur complicité soudaine me dérangeait. Je me suis efforcé de rester indifférent.

– Elle a raison, vieux, tu es un super héros, une légende vivante, ai-je renchéri.

Mon soulagement était immense. Un poids énorme venait de quitter mes épaules. Ainsi Boris avait eu le courage de retourner sur ses pas pour récupérer mes affaires ! Et il y était parvenu.

– Maintenant, si tu nous racontais ce qui t'est arrivé ? a suggéré Winter en ôtant son bonnet et sa veste. Qu'est-ce que c'est que cette histoire de Ben Galloway ?

Je leur ai expliqué brièvement comment j'avais atterri à Leechwood, et pourquoi le Dr Glasser était convaincu de se trouver face à Ben Galloway, jeune malade mental réfugié dans le déni, refusant de remettre à Sligo des documents censés lui appartenir.

J'ai conclu mon récit par le coup de folie de Vernon qui m'avait permis d'envoyer un SOS par mail.

– Sérieusement, Cal, j'ai cru que tu étais mort, a dit Boris. Je suis resté sans nouvelles de toi si longtemps. J'avais eu l'impression de voir aussi la voiture d'Oriana de Witt près du hangar à bateaux. J'ignorais ce qui s'était passé, qui t'avait kidnappé.

– Oriana de Witt ? Mais c'est Sligo qui m'a enlevé et fait interner ici. Alors que j'étais persuadé que Winter avait lancé ses hommes de main sur une fausse piste ! ai-je ajouté en jetant un regard furieux à l'intéressée.

– Hé, du calme, a tempéré Boris. Écoute avant de t'énerver. Winter a un plan pour te faire sortir.

– Winter a un plan ? ai-je répété.

– Tu pourrais t'adresser à moi, a-t-elle protesté. Je suis là, tu sais.

– Comme si je pouvais l'oublier. Moi aussi, je suis là. Grâce à Sligo.

Elle m'a fixé de ses yeux sombres en amande.

– Je suis sincèrement désolée, Cal. J'ignore comment Sligo a mis la main sur toi. Je t'assure que je suis montée en voiture avec Bruno et Zombrovski pour les éloigner. Je les ai conduits dans ton ancien squat de St Johns Street. Là-bas, il y avait de nouveaux occupants. J'ai raconté qu'ils avaient dû te jeter dehors.

Je revoyais Winter courir vers la Subaru noire à l'entrée de Memorial Park.

– Bruno et Zombrovski pensent que tu les aides, alors ?

– Oui, mais c'est faux. Je suis de ton côté. Maintenant, assez parlé. Il faut à tout prix qu'on te sorte d'ici.

– Exact, a acquiescé Boris.

En compagnie de Winter et de mon meilleur ami, ma situation m'a paru soudain moins désespérée.

– OK, je vous écoute.

Winter a observé Gilda, assise à une table près de la porte, à l'autre bout de la salle.

Penchée sur un dossier, elle écrivait et semblait totalement absorbée par son travail.

– On t'a apporté des vêtements. Je les ai dans mon sac, a murmuré Winter. Ils sont presque identiques à ceux que je porte…

– À part qu'il n'y a pas de clochettes sur la jupe, a remarqué Boris d'un air malicieux.

– Et on a une perruque aussi, a-t-elle poursuivi. De la même couleur que mes cheveux.

Avec d'infinies précautions, elle a entrouvert son sac brodé. J'ai aperçu une masse de cheveux noirs gisant sur un tas de vêtements.

Je me suis redressé, bouche bée.

– Vous voulez que je me déguise en fille ?

– T'as tout compris, a répliqué mon ami dans un gloussement étouffé.

– Tu te changes dans les toilettes puis tu sors de l'hôpital avec Boris comme si de rien n'était, a expliqué Winter. Si tu gardes la tête baissée, avec mes lunettes de soleil sur le nez, personne ne te reconnaîtra.

Elle m'a passé subrepticement son bonnet de laine, ses lunettes noires et sa veste longue. Elle portait, dessous, un sweat à capuche identique au mien !

– Mais, et toi ? ai-je lancé. Qu'est-ce que tu feras après notre départ ?

– Je me demandais si tu finirais par poser la question, m'a-t-elle taquiné, un sourire ironique aux lèvres. Ne t'inquiète pas pour moi, Cal. Je reste tranquillement ici à lire. Le temps qu'ils s'aperçoivent de ta disparition, tu seras loin.

– Ensuite ?

– Ensuite, j'aviserai. D'habitude, je suis suffisamment débrouillarde pour me tirer des situations les plus tordues, a-t-elle affirmé.

J'ai passé chaque étape de son plan en revue. Je m'imaginais mal m'enfuir en jupe et en perruque. Son idée était dingue… assez dingue pour marcher. Jamais une opportunité pareille ne se représenterait. Je tremblais de peur et d'excitation. Soudain, une pensée m'a arrêté. Je me suis tourné vers Winter :

– Et Sligo ? Il sera furieux quand il apprendra mon évasion. Surtout contre toi.

Elle m'a adressé un autre sourire ironique.

– T'occupe. Je me charge de Sligo. Pas question de me jeter dans la gueule du loup. J'ai assuré mes arrières. Je ne suis pas stupide.

– Allez, mec, qu'est-ce que tu attends ? m'a pressé Boris.

15:56

Les toilettes des visiteurs se trouvaient au fond de la salle. Je les ai désignées à Boris. Winter a fait glisser la bandoulière de son épaule et m'a tendu son sac, que j'ai coincé sous mon bras.

Je me suis dirigé vers les toilettes pour femmes. Gilda a levé les yeux un instant et s'est aussitôt replongée dans sa paperasse.

Une fois dans une cabine, j'ai retiré mon jean, mon sweat, mon tee-shirt, puis enfilé la jupe violette que j'ai ajustée autour de ma taille. Ensuite, j'ai revêtu le débardeur noir et la veste avant de caler la perruque sur ma tête. Elle me serrait le crâne. Ces mèches noires indisciplinées pendant devant mes yeux me faisaient un drôle d'effet. Je n'avais porté de vêtement féminin qu'une seule fois dans ma vie : le jour où j'avais joué en tunique longue le rôle d'un berger lors d'une fête à l'école maternelle.

J'ai sorti de la poche de mon jean les papiers d'identité au nom de Ben Galloway et les ai glissés à l'intérieur du débardeur contre mon torse.

En surprenant mon reflet dans le miroir, au-dessus du lavabo, j'ai failli éclater de rire ! Avec les lunettes de soleil rouges en forme de cœur et le bonnet de laine enfoncé sur la tête, je pouvais effectivement passer pour Winter Frey... à condition qu'on ne m'examine pas de trop près !

J'ai entrouvert la porte, jeté un coup d'œil à Gilda, toujours assise à la même place, puis à Boris et Winter qui m'attendaient, l'un près de l'autre devant la fenêtre, dos à la pièce. Winter avait noué ses épais cheveux noirs en un chignon serré et relevé la capuche de son sweat sur sa tête.

Je me suis avancé vers eux lentement, m'efforçant de marcher à petits pas.

Boris a eu de la peine à retenir un sourire et ses yeux pétillaient d'amusement quand je me suis assis à côté de lui.

– Pas mal du tout, a chuchoté Winter en évaluant mon allure.

Gilda a tourné la tête vers nous un instant avant de se remettre à travailler.

– Tu vois, elle n'a rien remarqué, a déclaré Winter. Ne perdons pas de temps. Je reste ici pendant que vous sortez tranquillement. Cal, essaie de marcher avec davantage de légèreté et de souplesse. À part ça, tu es très convaincant dans ce déguisement, tu sais !

– Un peu comme si j'étais ton sosie ? ai-je plaisanté.

Aussitôt son visage s'est assombri.

– Non, a-t-elle chuchoté avec un mouvement de recul. Ne dis pas ça.

Je n'ai pas eu le loisir d'analyser son étrange réaction car je tremblais d'excitation de la tête aux pieds à l'idée que notre plan ait une chance de réussir.

Boris s'est levé.

– OK, Winter, mon cœur, il est temps qu'on file, m'a-t-il lancé en élevant un peu la voix de façon que Gilda l'entende.

– À plus, Ben, a-t-il ajouté en serrant la main de Winter qui, restée assise à sa place, tournait le dos à la porte. On reviendra bientôt.

Nous nous sommes éloignés. J'ai adressé à Winter un discret geste de la main, que j'espérais assez féminin.

« Et maintenant, passons aux choses sérieuses », ai-je pensé alors que nous nous dirigions vers Gilda. Boris s'était placé intentionnellement entre elle et moi. L'infirmière s'est tournée vers nous, a hoché la tête en guise d'au revoir et a même souri. Boris a levé le bras pour la saluer, me cachant ainsi à sa vue. J'ai gardé le visage baissé et nous sommes parvenus dans le couloir.

16:20

Je me suis retenu pour ne pas franchir les doubles portes vitrées en courant. L'infirmier qui se trouvait dans le bureau près de la sortie a levé les yeux quand nous sommes passés.

L'air très décontracté, Boris ne cessait de m'abreuver de paroles. Je n'avais pas la moindre idée de ce qu'il racontait et je m'en fichais éperdument : j'étais concentré sur ma démarche, me forçant à faire des petits pas légers qui paraissent naturels. Je sentais mon cœur cogner dans ma poitrine et la sueur inonder mon front.

16:23

Enfin, nous sommes parvenus à l'extérieur, dans l'allée qui menait aux grilles de la sortie. On allait m'interpeller, j'en étais sûr. Je respirais avec difficulté depuis que nous avions quitté Winter dans la salle commune. J'ai pris une profonde inspiration. Boris m'a passé un bras autour de la taille pour ralentir mon allure car je venais d'accélérer sérieusement.

– Moins vite, mon cœur, m'a-t-il dit.

– Fichons le camp d'ici ! ai-je soufflé.

– Chaque chose en son temps, mon vieux – ou plutôt ma vieille. Jusque-là, notre plan a parfaitement fonctionné, ce serait bête de tout gâcher.

16:26

Je commençais à me détendre quand j'ai entendu des voix.

– Conduis-toi comme si de rien n'était, m'a ordonné Boris.

– Lâche-moi ! Il faut que je me sauve ! Ils sont après moi !

– Hé ! a crié une femme derrière nous.

– Je suis fichu, Boris !

Je me suis dégagé pour foncer dans la rue, la jupe violette voltigeant autour de moi, les épaisses mèches de cheveux noirs me fouettant la figure, la longue veste flottant au vent.

Mais personne n'a cherché à m'arrêter, personne ne m'a plaqué au sol.

Seul Boris me poursuivait.

– C'est rien ! a-t-il annoncé, le souffle court. Elle te rapportait juste ça !

J'ai stoppé net et fait volte-face : au loin, une infirmière rebroussait chemin vers l'hôpital. Boris tenait entre ses mains le sac brodé de Winter. Je l'avais oublié dans les toilettes pour dames. Heureusement que cette femme n'avait pas demandé à Boris la raison de ma fuite éperdue.

En ville

16:48

Dès que nous avons repéré un centre commercial, j'ai filé aux toilettes publiques pour me changer. J'ai remis mes vêtements et passé un nouveau sweat à capuche que Boris m'avait apporté.

– Je te préférais en fille ! a-t-il lancé quand je l'ai rejoint dehors.

– Dommage, hein ?

J'ai repris mon sérieux.

– Je n'arrive pas à croire que je suis libre. Je redoutais tellement de croupir le restant de mes jours dans cet asile de fous. Merci… pour tout. Tu es le meilleur ami au monde.

Et je le pensais. Boris était ma bouée de sauvetage. Il représentait mon unique lien avec mon univers d'avant. Grâce à lui, j'avais des nouvelles de ma mère et de Gaby.

Je lui devais tant.

– Trêve de compliments, a-t-il rétorqué, gêné, en faisant glisser son sac à dos de son épaule. J'espère que Winter a réussi à s'enfuir. Tiens, voilà pour toi. Toutes les affaires de ton père y sont, plus le manuscrit de l'Énigme. Tu trouveras de l'argent dans la poche arrière, ainsi qu'un nouveau téléphone, ou plutôt un vieux portable remis à neuf. Le tien n'était pas dans ton sac quand je suis retourné au hangar à bateaux.

– Normal, je l'avais sur moi. Le personnel de Leechwood me l'a confisqué.

Alors que j'enfilais les bretelles du sac à dos, celle de droite a frotté la zone sensible de mon épaule, m'arrachant une grimace. Sans y attacher d'importance, j'ai ajouté :

– Tu es un vrai frère.

– Oui, oui, je sais. Mais, s'il te plaît, fais-moi plaisir : n'abandonne plus jamais tes affaires, plus jamais. Si Sligo s'empare des indices que tu as réunis…

– Je serai fichu ?

– Je ne voulais pas dire ça.

– Je m'en doute. Je n'ai pas oublié qu'il a ordonné qu'on me noie dans la cuve à mazout. Il sera fou de rage quand il apprendra mon évasion de Leechwood. Et il est capable de se retourner contre Winter s'il comprend qu'elle m'a aidé, à moins qu'elle n'ait déjà concocté un plan. Comment va-t-elle pouvoir se justifier ?

– Ne t'inquiète pas pour elle. À mon avis, Sligo ne découvrira même pas qu'elle est mêlée à cette histoire. Elle se débrouille très bien toute seule. C'est une maligne. Et je commence à penser qu'elle est peut-être de notre côté pour de vrai.

– Tu ne lui fais pas encore totalement confiance ?

– Je suis persuadé que c'est une fille super, mais j'ai tendance à me méfier des gens dont les intentions réelles m'échappent. Sligo est son tuteur, il l'a prise sous son aile depuis qu'elle est orpheline et lui a offert un foyer. Pourquoi lui en voudrait-elle autant ? Bien sûr, elle connaît ses activités criminelles, toutefois on s'attendrait à ce qu'elle éprouve à son égard davantage... d'indulgence, non ?

17:23

Avant de nous rendre sur l'autoroute, nous avons fait une halte dans un cybercafé – Boris m'a convaincu qu'on y serait en sécurité – pour que je consulte mon blog. Il y avait des tonnes de messages de soutien. Ça m'a fait chaud au cœur.

D'autres étaient carrément odieux. J'ai vite arrêté de les lire, mais il était impossible d'ignorer ceux d'un internaute utilisant le pseudo de « Justicier ».

BLOG	**Déconnexion**
CAL ORMOND	Justicier :
Écrire à Cal **Laisser un commentaire**	Tu es un vrai malade. Dire que tu t'es créé un blog comme si tu étais une célébrité! Tu devrais avoir honte, et tous tes « fans » aussi. Cal Ormond est un assassin! Comment peut-on le soutenir? Et si c'était votre petite sœur qui était dans le coma par sa faute? Et s'il avait tiré sur votre oncle? Vous le soutiendriez encore? Pour échapper aux représentants de la loi, il n'hésite pas à sacrifier des innocents : le pauvre Clark Drysdale a failli mourir dans l'accident de la rivière Blackwattle alors qu'il avait été assez sympa pour prendre ce vaurien à bord de son pick-up. Sale voyou, tu devrais croupir en prison.

BLOG	Déconnexion
Cal Ormond	J@s & N@t :
Écrire à Cal **Laisser un commentaire**	Salut Cal, Qu'est-ce qui t'arrive ? Tu n'as rien écrit depuis un moment… On espère que tu vas bien et que tu t'accroches. Ne fais pas attention aux messages ignobles de Justicier et des autres. On est de ton côté, on sait que tu dis la vérité. On croit en ton innocence. Bisous de Jasmine & Natasha

BLOG	Déconnexion
Cal Ormond	Justicier :
Écrire à Cal **Laisser un commentaire**	Ce voyou mérite la prison, et vous aussi ! Lui accorder une telle attention est irresponsable et criminel.

J'étais écœuré.

– Laisse tomber, m'a conseillé Boris. Il y aura toujours des gens qui te croient coupable. Pense plutôt à ceux qui te soutiennent, et mets toute ton énergie dans la résolution du secret de ton père. Dépêche-toi de répondre, qu'on se déconnecte de ce blog.

BLOG	Mettre à jour le profil	Déconnexion
Cal Ormond	Merci mille fois pour vos messages de soutien. Je ne peux pas vous répondre personnellement, je suis toujours poursuivi. Je vais bien et j'essaierai de vous donner de mes nouvelles chaque fois que je le pourrai. Continuez à me faire confiance, quoi que vous puissiez entendre. Et adressez-moi sur ce blog tout – absolument tout – élément susceptible de m'aider.	
Écrire à Cal **Laisser un commentaire** **Boîte de réception**		
	Publié par Cal le 19/05 à 17 h 40	

– Tu as fini ?

J'ai acquiescé.

Boris m'a poussé pour prendre ma place devant l'ordinateur.

– J'ai un truc intéressant à te montrer, m'a-t-il annoncé. Je n'ai rien trouvé au sujet des deux derniers vers de l'Énigme, en revanche j'ai déniché un document où il est question de la Singularité Ormond.

Je me suis penché vers l'écran tandis que Boris tapait l'adresse du site du ministère de la Justice.

MINISTÈRE DE LA JUSTICE
INSTITUT LÉGAL

ANCIENS STATUTS

Statut de Westminster II 1285
Clause 1.a 1285

3. Annulation des anciens statuts

IX B. De Donis (concernant les dons) Statut de Westminster II, clause 1.a 1285, fondement de la Singularité Ormond : signé à Greenwich le 15 juin 1573.

– La Singularité Ormond est mentionnée ici, a repris Boris. Sur la page relative aux anciens statuts.

– Les statuts, ce sont des lois, non ?

– Oh, je vois qu'un apprenti juriste, au moins, a suivi attentivement les cours d'Oriana de Witt ! s'est esclaffé mon ami en cliquant sur un lien.

Il a brusquement cessé de rire : comme moi, il pensait sans doute que cela faisait bien longtemps que nous ne nous étions pas trouvés côte à côte dans une salle de classe.

– En effet, c'est de lois qu'il s'agit.

– OK, et après ? Y a-t-il des précisions sur le contenu de la Singularité Ormond ?

– Trop peu à mon goût. J'ai seulement compris qu'elle concerne des dons et qu'elle prendra bientôt fin. Le dernier statut, celui de 1573, sera abrogé à minuit, à la fin de cette année !

J'ai lâché un juron. Le 31 décembre. Trois cent soixante-cinq jours. L'avertissement du fou a résonné à mes oreilles.

– Après cette date, il ne vaudra plus rien ?

– Exact, a confirmé Boris. En tout cas, je possède une nouvelle piste maintenant. Je poursuivrai mes recherches et... Oh, non ! Regarde ! Sur le mur !

Juste au-dessus de la caisse, à côté de la porte, s'étalait une photo en noir et blanc de mauvaise qualité : la mienne ! Il s'agissait d'un portrait que j'avais déjà remarqué dans un autre cybercafé, en février. J'ai aussitôt réagi :

– Fichons le camp d'ici.

– Je paie d'abord, a murmuré Boris. Sors comme si de rien n'était. On se retrouve au pied de la tour de l'horloge.

18:20

Je n'ai pas tardé à voir Boris courir vers moi en soufflant comme un bœuf. Si je maigrissais au fil des jours, lui s'empâtait.

– Tu crois que le caissier m'a reconnu ? lui ai-je demandé quand il est arrivé à ma hauteur.

– Je n'en sais rien. Mais, à mon avis, il est grand temps que tu quittes la ville. Et sans perdre une minute, mec !

Nous nous sommes mis en marche sous une légère bruine, en direction de l'autoroute où j'espérais qu'une voiture me prendrait en stop. Je surveillais sans cesse mes arrières, craignant de voir apparaître une Subaru noire ou une Mercedes bleu foncé.

En chemin, Boris et moi avons réfléchi aux moyens d'obtenir de nouveaux renseignements au sujet du DMO, le Dangereux Mystère des Ormond.

– J'ignore si Jennifer Smith a cherché à me contacter, puisque mon ancien portable est resté à Leechwood.

– Quelle tuile ! La clé USB de ton père contient sans doute des informations essentielles. Je lui téléphonerai aux laboratoires Labtech. Si elle n'y travaille plus, j'essaierai d'obtenir ses coordonnées.

Constater que Boris s'impliquait autant que moi dans cette affaire me réconfortait. Soudain, je me suis souvenu de l'incident bizarre dont Jennifer m'avait parlé : mon père avait réclamé *L'Île au trésor* de Robert Louis Stevenson et, lorsqu'une infirmière lui avait apporté le livre, il l'avait jeté par terre.

Je n'attendais pas de Boris une explication lumineuse, toutefois je lui ai raconté l'anecdote.

– Je ne sais pas trop quoi en penser. Ton père était très malade à ce moment-là, non ? Il n'a peut-être pas agi consciemment. Et son collègue de travail, Erik Blair ? Tu pourrais tenter à nouveau de le joindre.

– Bonne idée. Je rappellerai le bureau de mon père.

– Espérons que ton grand-oncle Bartholomé nous fournira de précieux renseignements. Sur la Singularité Ormond, l'Énigme et les dessins. Toute confidence de sa part sera la bienvenue. Encore faut-il que tu arrives chez lui avant que les flics ne te rattrapent.

Impatient d'atteindre Mount Helicon, j'ai accéléré le pas.

18:37

Boris se fatiguait vite et nous avons ralenti l'allure sur les derniers cent mètres. À bout de souffle, il m'a fait part de son inquiétude :

– Dis, Cal, jusqu'à présent l'auto-stop ne t'a pas vraiment réussi. Tu es sûr de vouloir renouveler l'expérience ?

– Je n'ai pas le choix.

J'ai ajouté avec un petit rire nerveux :

– J'aurai peut-être plus de chance cette fois.

MAI

Au moment de nous quitter, Boris m'a serré très fort dans ses bras puis assené une claque dans le dos.

– Tâche d'éviter les ennuis, promis ? a-t-il lancé en riant.

C'était lui, désormais, le plus nerveux de nous deux. Puis il a précisé :

– Je continue les recherches et je te tiens au courant. De ton côté, donne-moi de tes nouvelles aussi souvent que possible, OK ?

20 mai
J –226

Au bord de l'autoroute

14:38

Après des heures passées sous la pluie, trempé et frigorifié, je me demandais ce que j'allais faire. La veille, après le départ de Boris, il était tombé une averse si violente que j'avais été obligé d'abandonner mon projet d'auto-stop et de m'éloigner de l'autoroute afin de trouver un abri pour la nuit. J'avais échoué dans l'escalier de secours sordide d'un vieil immeuble, où je m'étais roulé en boule pour dormir, m'efforçant d'ignorer l'odeur nauséabonde de toilettes bouchées qui me prenait à la gorge.

Au matin, j'avais attrapé un bus. Ce trajet m'avait permis de gagner deux heures. Depuis, je marchais le long de l'autoroute, sous une bruine froide et persistante.

J'étais néanmoins soulagé d'avoir récupéré les dessins de mon père, l'Énigme Ormond, et de les sentir en sécurité à l'intérieur de mon nouveau sac à dos !

Boris m'avait également rapporté l'ange gardien monté en broche que Dep m'avait offert. Je l'avais épinglé à l'encolure de mon tee-shirt, sous mon sweat. Dep prétendait qu'il l'avait protégé. Peut-être m'aiderait-il à atteindre Mount Helicon. Pour l'instant, la chance tournait en ma faveur : le voyage en bus m'avait évité plusieurs heures de marche.

La pluie s'est intensifiée. Je ne savais même pas si les conducteurs distinguaient ma silhouette sur le bas-côté. En tout cas, aucun d'eux n'a ralenti pour me proposer de monter.

18:51

La tempête s'était calmée, mais la nuit ne tarderait pas à tomber. Il me fallait dénicher un endroit où camper. Je trouverais bien une voiture qui accepterait de me conduire à Mount Helicon le lendemain matin.

Soudain, j'ai été saisi d'une étrange impression de déjà-vu.

Puis j'ai reconnu le lieu.

Maison de Melba Snipe
Quartier du Vallon Fleuri

19:38

– Tom ! s'est écriée joyeusement Melba en m'apercevant, trempé et frissonnant, de l'autre côté de la porte moustiquaire.

– Mrs Snipe ! ai-je lancé, tout heureux de revoir son visage aimable.

– Entre vite ! Bonté divine, tu ressembles à un chat qui vient d'échapper à la noyade ! Assieds-toi, mon grand. Je t'apporte une couverture et une tasse de thé.

La vieille maison fleurie, avec ses murs verts et ses innombrables photos encadrées, m'était familière. Je m'y sentais bien. Timmy, le petit chien fou, a déboulé en trombe dans le couloir à ma rencontre.

Melba a réapparu avec une épaisse couverture en laine dont elle m'a enveloppé.

– Oh, ça suffit, Timmy, a-t-elle ordonné en repoussant la boule de fourrure surexcitée. Tu sais, Tom, je n'ai cessé de songer à toi depuis ton départ. Comment va ta sœur ?

– Pas trop mal. Je l'ai vue à l'hôpital.

J'ai repensé au périple épouvantable que j'avais dû effectuer pour arriver à temps auprès de Gaby, et empêcher que les médecins ne débranchent son respirateur artificiel.

– J'ai eu la chance d'être à ses côtés quand elle a donné les premiers signes d'amélioration. Elle n'est pas encore tirée d'affaire, mais elle semble en bonne voie.

– Quel soulagement ! C'est une excellente nouvelle. Alors, Tom, qu'est-ce qui t'amène dans les parages cette fois-ci ?

Quelques minutes auparavant, j'avais préparé l'explication que je fournirais à Melba, qui ne manquerait pas d'être étonnée par ma réapparition inopinée.

– Je me rends chez mon oncle. Malgré l'heure tardive, j'ai pensé que c'était l'occasion de vous saluer et de vous dire que j'ai bien déposé le livre de votre amie Elvire dans sa boîte aux lettres, comme promis.

Je me suis tu, un peu gêné à l'idée de demander à nouveau un service à cette adorable vieille dame. Finalement, je me suis lancé :

– Est-ce que ça vous ennuierait que je passe la nuit ici ? Je m'en irai très tôt demain matin.

Un sourire a illuminé le visage de Melba.

– Cela ne m'ennuie pas du tout ! Au contraire ! Tu peux dormir sur le canapé, comme la dernière fois, si cette solution te convient. Pendant que l'eau chauffe, je vais chercher des vêtements secs dans les affaires de mon fils. Mets-toi à l'aise.

Puis elle a ajouté en agitant un doigt :

– Et toi, Timmy, laisse Cal tranquille !

Cal ? Elle avait dit Cal ! Aucun doute, j'avais parfaitement entendu !

Mon cœur s'est mis à battre à toute allure tandis que la vieille dame traversait la cuisine puis le couloir en fredonnant. Elle savait donc qui j'étais ?

Elle est revenue et m'a tendu un survêtement démodé gris avec trois bandes blanches sur le côté. Il était propre mais sentait le renfermé.

– Tiens. Il devrait être à ta taille.

– Merci, ai-je répondu d'une voix hésitante en le déposant sur le canapé.

J'étais dérouté d'avoir entendu Melba prononcer mon véritable prénom. Elle a servi le thé dans la cuisine puis transporté les tasses sur un plateau jusqu'au salon. Je me suis réchauffé les mains autour de la mienne.

– Mrs Snipe ?

– Oui, mon grand ?

– Vous m'avez appelé « Cal ».

Elle a vivement porté sa main à sa bouche, puis l'a posée sur mon genou en m'adressant un sourire malicieux.

– Oups ! C'est vrai. Figure-toi qu'en dépit de mon âge et de ma mémoire défaillante, je connais ton identité. Il n'était pas difficile de faire le rapprochement entre toi et ce jeune fugitif dont parlent sans cesse les médias. Mais tu n'as aucune raison de t'inquiéter. Je n'ai pas l'intention de te dénoncer. Tu as ma parole.

J'étais à la fois sous le choc et embarrassé d'avoir imaginé qu'elle ne devinerait rien. Lorsqu'elle m'avait offert l'hospitalité après m'avoir découvert dans le coffre de sa voiture, le mois dernier, j'aurais dû me douter que je n'avais pas affaire à une vieille dame ordinaire !

Elle m'a fixé droit dans les yeux d'un air sincère.

– Promis. Je ne crois pas un mot de ce que racontent les journalistes. Je te devine incapable d'une telle brutalité... et malheureusement je sais aussi de quelle manière la malchance, et une ou deux décisions arbitraires, peuvent précipiter la vie d'un garçon dans la marginalité. L'important est d'être en mesure de reprendre, un jour, le contrôle de la situation.

Je l'ai approuvée d'un hochement de tête.

– Je pense que tu y parviendras, Cal. Tu es un jeune homme très intelligent et tu as du cœur, je le sens. Oh...

Elle s'est interrompue, l'air surpris, avant de s'exclamer en désignant l'ange gardien doré épinglé sur mon tee-shirt :

– J'avais exactement la même broche à une époque.

Son regard s'est embué de larmes, puis elle s'est ressaisie.

– Peu importe. En tout cas, ne t'inquiète pas. Tu ferais bien de prendre une douche avant de te reposer.

21 mai
J –225

Sur la route

13:52

J'ai quitté Melba Snipe peu après le petit déjeuner en lui promettant de revenir. J'espérais de tout cœur la revoir bientôt. Et je sentais confusément qu'un lien nous unissait. Je n'en revenais toujours pas qu'elle ait deviné qui j'étais, mais cela ne me dérangeait pas. Si seulement tout le monde pouvait avoir la même confiance qu'elle vis-à-vis de moi.

La pluie s'était arrêtée, toutefois le déluge de la veille avait laissé des traces. Les flaques d'eau se succédaient sur le bas-côté de l'autoroute et mes baskets n'ont pas tardé à être trempées.

14:46

Une fourgonnette a ralenti à ma hauteur pour me prendre en stop. Après avoir reculé d'un bond pour éviter d'être éclaboussé, je suis monté, plein de gratitude. Le conducteur, un homme d'une cinquantaine d'années accompagné d'un chien installé à l'arrière, a fait les présentations : il se nommait Brian, son chien Dodger.

– Et toi, comment tu t'appelles ?

– Ben, ai-je répondu, en espérant que l'identité de Benjamin Galloway ne me causerait pas de problèmes.

J'ai posé mon sac à mes pieds tandis que Dodger me reniflait.

– Où tu vas, mon garçon ? m'a questionné Brian.

– À Mount Helicon.

– T'as de la chance. J'habite pas loin.

À peine avais-je refermé ma portière que Brian démarrait et rallumait sa C.B. pour reprendre une conversation interrompue.

À en juger par les cageots empilés à l'arrière, et les oranges et citrons entassés sur le plancher, Brian possédait un verger ou une plantation d'agrumes. Il avait en tout cas le teint d'un homme qui vit au grand air, exposé au soleil et au vent. Sa peau tannée était presque aussi foncée que ses cheveux bruns.

Voyager avec lui m'a rappelé mon trajet mouvementé en compagnie de Clark Drysdale. Je craignais de revivre le même genre de cauchemar. Nerveux, j'ai jeté un coup d'œil par-dessus mon épaule. La route était déserte.

Brian tripotait sa radio dont il réglait constamment la fréquence, tout en marmonnant entre ses dents :

– Je sais pas ce qui se passe avec ce fichu engin. Y a des interférences locales. T'as un truc électronique sur toi ?

– Moi ? ai-je répliqué, surpris. Non, rien du tout. Mon portable n'est pas allumé.

– Va comprendre pourquoi ce satané appareil fait des siennes.

Il a fini par l'éteindre et a ajouté en riant :

– Il doit y avoir un ovni dans le coin !

16:27

– Allons bon ! Qu'est-ce qu'il y a encore ? a râlé Brian en ralentissant.

J'ai relevé la tête et la peur m'a tétanisé. Une voiture de police bloquait la route. Un agent muni d'un bâton rouge lumineux nous ordonnait de nous arrêter. J'ai tenté de me rassurer. Je possédais de faux papiers d'identité. J'espérais seulement qu'il ne les examinerait pas de trop près.

J'espérais aussi que Sligo n'avait pas lancé un avis de recherche concernant Benjamin Galloway. Cela me paraissait peu probable : une fois sous les verrous, je ne lui serais plus d'aucune utilité.

Brian a stoppé sa fourgonnette à hauteur du policier, qui nous a dévisagés attentivement à travers le pare-brise avant de s'approcher de mon côté. Je me suis efforcé de prendre un air étonné et détendu.

– Un problème, monsieur l'agent ? a lancé Brian.

– Pas pour vous. C'est votre passager qui m'intéresse. Tu as des papiers d'identité, mon garçon ?

J'ai fouillé mon sac à dos pour en sortir la carte de transport au nom de Benjamin Galloway.

– Voici ma carte de transport scolaire, ai-je déclaré sur le ton le plus détaché possible.

Je la lui ai tendue. Il l'a étudiée, observant tour à tour la photo et mon visage.

– Patientez une minute. Je dois procéder à une vérification.

16:39

L'attente m'a semblé interminable.

– Qu'est-ce qu'il fabrique ? ai-je demandé à Brian, espérant dissimuler mon inquiétude par de la simple curiosité d'adolescent.

– Il vérifie sans doute que ton nom ne figure pas dans ses fichiers.

Enfin, l'agent est revenu.

– OK, vous pouvez y aller, a-t-il conclu en me rendant ma carte.

Puis il s'est dirigé vers la voiture qui venait de s'arrêter derrière nous.

16:55

Brian s'est tourné vers moi :

– Qu'est-ce que tu vas faire à Mount Helicon ?

– Je compte trouver du boulot dans une propriété.

– Où ? Je connais presque tout le monde là-bas.

Si je lui avouais la vérité, je risquais de dévoiler trop d'informations. Seulement, si je lui mentais, il s'en douterait certainement, vu les relations qu'il avait dans le coin.

– C'est assez loin de la ville. Je ne pense pas que vous connaissiez.

– Je te parie que si. Dis toujours.

J'étais coincé.

– Il s'agit de Kilkenny.

L'air très surpris, Brian s'est exclamé :

– Chez le vieux Bart ? Alors là, ça m'étonnerait !

– Pourquoi ?

– Comment ! T'es pas au courant ? Il est complètement cinglé. Il se sépare jamais de son fusil et il tire à vue sur le premier qui ose pénétrer dans sa propriété. Il canarde tout le monde, quoi !

– Vraiment ?

– À ta place, j'éviterais de m'approcher de ce vieux fou ! Enfin, on va plus tarder à arriver.

Brian a pris l'embranchement en direction de Mount Helicon avant d'ajouter :

– J'espère qu'il te réservera un meilleur accueil !

Kilkenny
Mount Helicon

18:09

Frissonnant de froid au bord de la route, j'ai remonté la fermeture Éclair de ma veste de survêtement et jeté mon sac sur mon dos. À l'horizon, au-delà des grands arbres, le soleil couchant embrasait le ciel comme s'il me lançait un avertissement.

Les feux arrière de la fourgonnette de Brian ont disparu au loin. J'appréhendais la suite... Je n'avais pas la moindre envie d'être accueilli à coups de fusil.

Une fois franchies les larges portes de la propriété, je les ai refermées avant de m'engager dans l'allée vers la maison que je distinguais à peine à travers une masse de végétation sombre.

MAI

Arrivé à quelques mètres de l'entrée, je me suis demandé si je devais d'abord crier pour annoncer ma visite à mon grand-oncle Bartholomé, ou s'il valait mieux attendre d'avoir atteint la porte.

J'hésitais toujours lorsque quelque chose a fondu sur moi en piqué, depuis un arbre. Effrayé, j'ai bondi en arrière, agitant les bras autour de ma tête pour repousser mon assaillant. Mais celui-ci m'a foncé dessus de plus belle.

Son bec pointu et ses griffes acérées m'ont effleuré le cuir chevelu : il s'agissait d'un gros oiseau ! Je l'ai chassé à nouveau, m'apprêtant à subir une autre offensive.

Ne sachant pas où il s'était envolé, j'ai gravi à la hâte les marches de la véranda. La situation s'annonçait délicate. Outre que la maison était apparemment défendue par un volatile dressé à l'attaque, elle était plongée dans l'obscurité : aucune lumière ne filtrait par les fenêtres. Peut-être était-elle abandonnée ?

Le vent bruissait dans les feuilles avec un gémissement sinistre et effrayant. J'ai inspiré à fond, esquissé un pas en avant et toqué à la porte.

– Oncle Bartholomé ! ai-je appelé d'une voix qui se voulait ferme et amicale.

J'ai patienté.

On s'agitait à l'intérieur.

– Oncle Bartholomé ? ai-je répété.

– Fiche le camp d'ici ! Si dans cinq secondes tu n'as pas quitté ma propriété, je tire ! J'ai deux cartouches dans mon fusil : je peux te rater une fois, pas deux !

Je me suis écarté d'un bond. Je risquais de ne pas faire de vieux os si j'échouais à le convaincre de poser son arme...

– Ne tirez pas ! C'est Cal ! Votre petit-neveu, le fils de Tom ! Il faut que je vous parle !

Une énorme explosion a retenti à l'intérieur de la maison. En reculant, je suis tombé dans un buisson. Le fou n'avait pas hésité à tirer !

– Je t'ai prévenu ! Déguerpis ou je recommence !

J'avais les tympans douloureux, encore emplis de l'écho assourdissant du coup de fusil. Hébété, je suis resté accroupi en bas de la véranda. Mais la frayeur qui m'avait submergé a vite laissé place à une violente colère. Après toutes les épreuves que j'avais traversées pour arriver chez lui, il était hors de question que je me laisse intimider de la sorte.

– Écoutez-moi, espèce de vieux cinglé ! me suis-je égosillé. Je suis votre petit-neveu ! Cal ! Cal Ormond !

Puis, tout en me remettant péniblement sur pied, j'ai poursuivi :

– Des tas de gens essaient de se débarrasser de moi depuis le début de l'année ! J'ai été kidnappé, j'ai failli être noyé, broyé par un train...

On m'a enfermé dans un asile psychiatrique... Ça fait presque cinq mois que je suis en cavale. Vous êtes la seule personne de ma famille susceptible de m'aider à sortir de ce cauchemar ! Alors si vous avez décidé de tuer votre propre petit-neveu, ne vous gênez pas ! Ce ne sera pas la première fois qu'on me tire dessus ! Je ne partirai pas d'ici avant que vous m'ayez révélé tout ce que vous savez sur la Singularité Ormond et sur l'Énigme Ormond ! Je suis innocent et j'ai besoin de vous !

Prêt à essuyer un nouveau coup de feu, j'ai attendu.

Mais rien ne s'est produit.

Debout dans l'obscurité, j'ai patienté quelques secondes. J'allais me remettre à hurler quand des cliquetis me sont parvenus de l'entrée. Je me tenais paré à toute éventualité.

D'innombrables verrous ont été actionnés et le battant s'est entrouvert. Mon grand-oncle Bartholomé a pointé le bout de son nez.

– Tu as bien dit « Énigme Ormond » ?

– Oui.

– Et « Singularité Ormond » ?

– Absolument.

– Tu es le fils d'Erin et Tom ?

– Exact.

Après un instant de silence, il a repris :

– C'est toi, Cal ?

– Oui, c'est moi.

Dans un grincement, la porte s'est entrebâillée davantage.

– Ma parole, c'est vrai ! C'est bien toi !

Bartholomé est sorti lentement pour m'examiner à la lueur de sa lampe torche.

– Tu as changé depuis la dernière fois que je t'ai vu, a-t-il constaté. Tu ressembles trait pour trait à Tom au même âge !

Malgré mon étonnement, je ne quittais pas des yeux le fusil qu'il tenait sous le bras. Il a surpris mon regard.

– Désolé pour le coup de feu, s'est-il excusé en appuyant l'arme contre le mur. Il faut savoir se protéger par ici, surtout quand on est un vieux bonhomme comme moi.

J'ai tenté d'esquisser un sourire. J'avais néanmoins du mal à oublier que ce vieillard avenant m'avait tiré dessus un instant auparavant.

Bartholomé a remonté son pantalon avachi avant de déclarer :

– Bienvenue à Kilkenny. J'allais justement jeter un coup d'œil à l'Orque Ormond. Viens avec moi, on fera connaissance.

L'Orque Ormond ? De quoi pouvait-il bien s'agir ?

– L'Orque est l'œuvre de ma vie, a déclaré Bartholomé en allumant un puissant projecteur incliné de façon à éclairer un vaste hangar, à gauche de la maison.

J'ai suivi avec prudence mon drôle de grand-oncle, et j'en ai profité pour l'observer des pieds à la tête.

Il portait un vieux blouson en cuir fourré, par-dessus un pull-over mangé par les mites. Il n'avait pas de lunettes d'aviateur sur la tête, mais était coiffé d'un bonnet de laine rouge vif enfoncé jusqu'aux oreilles et assorti à une écharpe à carreaux rouges négligemment jetée autour du cou. Il ne s'était pas rasé depuis plusieurs jours : des poils blancs et drus parsemaient ses joues. Son visage était tout ridé avec des yeux qui pétillaient derrière ses lunettes à double foyer.

– Alors comme ça tu as eu quelques petits problèmes ces derniers mois, m'a-t-il lancé.

– Oui, on peut dire ça. Je suis surpris que vous n'en ayez pas entendu parler aux infos.

– Les infos, moi, tu sais... Je ne m'y intéresse guère. Je ne lis pas les journaux, je ne regarde pas la télévision. J'écoute seulement la radio, sur mon transistor. Je suis très âgé et mon temps est trop précieux pour que je me soucie de ce qui se passe au-delà de mes terres.

Nous avions atteint le hangar, au bout d'une allée de gravier.

– Je contrôle l'état de l'Orque tous les jours. Ces vérifications quotidiennes sont essentielles pour la sécurité aéronautique. Tiens, donne-moi un coup de main pour ouvrir la porte.

Nous avons poussé ensemble les doubles battants. Une lumière vive a aussitôt inondé le bâtiment.

Je suis resté bouche bée. Le local abritait en son centre un avion profilé, noir et blanc. Il paraissait prêt à s'élancer, impatient de prendre son envol. Vers la queue de l'appareil, fixée sur le dos du fuselage et encadrée par l'empennage en forme de V, j'ai reconnu la forme d'œuf allongé si caractéristique des réacteurs.

– Incroyable ! me suis-je écrié au comble de l'admiration. Vous avez construit un avion !

J'en ai oublié que mon grand-oncle avait failli me transformer en passoire quelques minutes plus tôt. Ma stupéfaction a semblé lui faire plaisir, il se pavanait devant le magnifique appareil.

– Hé ! Super, l'immatriculation : 52 ORQ. Oscar, Roméo, Québec.

Je me souvenais de l'alphabet radio international que j'avais appris aux Cadets de l'Air.

L'excentrique aviateur m'a souri et donné une petite tape dans le dos.

– Oui, j'ai eu la chance d'obtenir ces lettres.

Devant l'Orque Ormond se trouvait une double porte ouverte sur un vaste enclos. J'ai deviné, au loin, les contours des collines.

– Alors, qu'est-ce que tu en penses ? s'est enquis Bartholomé, les mains enfoncées dans les poches de son pantalon. C'est mon avion privé.

Je l'ai construit tout seul. Je l'ai même doté d'un système de lancement original : le RATO.

– Le RATO ?

– Le Rocket Assisted Take-Off ou décollage assisté par réaction, a traduit mon grand-oncle en tapotant un cylindre aux lignes pures placé sous le fuselage. Les réacteurs d'un avion comme celui-ci mettent un certain temps à chauffer. Pour un décollage d'urgence, il faut les aider un peu. C'est le rôle de ce propulseur. Ainsi, l'appareil est toujours opérationnel et prêt à s'envoler. Bien sûr, je laisse constamment les portes du hangar ouvertes.

– Formidable ! ai-je commenté en me tournant vers lui avec respect.

J'ai ajouté :

– J'apprends à piloter. Enfin... j'apprenais à piloter, avant que mon père ne tombe malade. Mais mon expérience se limite à un appareil à hélice et aux parapentes. Je n'ai jamais volé dans un avion comme celui-ci !

– Tu es bien un Ormond. Et le fils de ton père. Dans la famille, on a tous le virus de l'aviation.

Dehors, le vent avait forci et sifflait à travers les fentes du hangar.

Mon grand-oncle a commencé l'inspection de l'Orque en contournant le fuselage élancé qu'il a examiné avec soin à l'aide d'une puissante lampe torche.

Il s'est accroupi, scrutant chaque centimètre carré sous l'appareil, contrôlant les cylindres du propulseur. Puis il a grimpé sur une aile pour vérifier l'état de la verrière. Pendant le temps qu'a pris ce petit manège, je suis resté près de lui, ne perdant pas une miette de ses faits et gestes.

– J'ai choisi les commandes les plus simples possible, a-t-il expliqué.

Un coup d'œil à l'intérieur du cockpit m'a permis d'apercevoir des cadrans et instruments qui m'étaient familiers – le gyrocompas indiquant le nord, le sud, l'est et l'ouest, l'altimètre et son horizon artificiel, le palonnier, les deux grandes manettes des gaz au centre du tableau de bord, et l'anémomètre, l'équivalent du compteur de vitesse d'une voiture.

J'ai sauté à terre tandis que mon grand-oncle descendait laborieusement de l'aile, en grommelant à cause de l'effort.

– Tu vois, a-t-il déclaré, il y a des gens qui, chaque soir, enferment leurs poules ou bordent leurs enfants… moi, j'inspecte mon avion.

Un large sourire a illuminé son visage.

Après avoir rangé sa lampe torche sur une étagère, il a fermé la porte du hangar et nous avons repris le chemin de la maison.

– Vous volez encore ? ai-je demandé.

– Non, plus depuis longtemps. J'ai le cœur qui a des ratés. J'entretiens cet avion afin de pouvoir me rendre à l'hôpital en cas d'urgence. Le réservoir est plein. Un voisin a accepté de me servir de copilote, le jour où je sortirai enfin l'Orque. Il paraît que je suis trop vieux pour voler seul.

18:49

De retour sur la véranda, le vieil homme a repris le fusil qu'il avait posé contre le mur et l'a emporté, cassé sur son bras.

– Désolé de l'accueil que je t'ai réservé, s'est-il excusé. Au fait, ce sont des cartouches à blanc. Juste pour en mettre plein la vue. Ou plutôt plein les oreilles. En revanche, le fermier d'à côté tire à balles réelles, mais c'est une autre histoire... D'ailleurs, à propos d'histoires, je pense qu'il est temps de nous installer devant une tasse de thé pour écouter la tienne.

19:02

Une fois à l'intérieur de la maison, j'ai compris, en suivant mon grand-oncle dans l'étroite entrée, puis dans une vaste pièce, pourquoi je n'avais pas aperçu de lumière à mon arrivée. Il s'éclairait avec des lampes à pétrole et des bougies qui ne diffusaient qu'une douce lumière et laissaient la majeure partie des lieux plongée dans l'obscurité. Un feu crépitait dans la cheminée.

Je me suis arrêté un instant, stupéfait à la vue du plafond et de l'ameublement. Mon père m'avait toujours dit que Bartholomé était un original doublé d'un aviateur excentrique. Il n'avait pas tort. Et pas seulement parce que mon grand-oncle avait construit son propre appareil. Son salon tenait à la fois de l'atelier et du musée de l'air. Il était envahi de morceaux d'avion, mais tous n'étaient pas là en réparation : certains lui servaient de mobilier !

Suspendue au plafond, une énorme hélice à quatre pales, supportant quatre bougies à la flamme vacillante, avait été transformée en lustre. Les murs disparaissaient sous les photos et les affiches de vieux avions, les étagères croulaient sous les livres, magazines et revues consacrés à l'aviation. Des fragments de tableaux de bord, des sextants hors d'âge et d'autres instruments de navigation étaient posés au hasard, un peu partout. Dans un coin, un moteur entier calé sur des briques et recouvert d'un épais coussin faisait office de siège. Une partie du cockpit et du fuselage d'un chasseur de la seconde guerre mondiale avait été placée près d'une table fabriquée avec une aile provenant d'un autre appareil. À en juger par la quantité de papiers, stylos et tasses à café vides qui encombraient sa surface, mon grand-oncle l'utilisait comme bureau.

Juste derrière, trônant au sommet d'un antique buffet en bois, brillait le modèle réduit de l'Orque Ormond.

Rien ne manquait, pas même le propulseur RATO.

Devinant mon intérêt pour cette maquette, Bartholomé s'est approché.

– Tu devrais voir comment fonctionne le système de lancement, a-t-il déclaré. Il n'a besoin que d'un peu de kérosène. Il permet de décoller presque à la verticale !

Bartholomé s'est interrompu, a posé les mains sur mes épaules et orienté mon visage vers la lumière des bougies qui éclairait les pales de l'hélice tenant lieu de lustre.

– Alors comme ça, tu es le fils de Tom ? Laisse-moi te regarder. La dernière fois que je t'ai vu, tu n'étais pas plus haut que mes bottes d'aviateur. Quel âge as-tu, Cal ?

– J'aurai seize ans dans deux mois.

À ces mots, la tristesse m'a envahi : dans deux mois, une année entière se serait écoulée depuis la mort de mon père en juillet dernier... Il était décédé le mois de mon anniversaire.

Mon grand-oncle m'a observé un moment avant de hocher la tête :

– Oui, je retrouve ton père dans ces yeux-là. Paix à son âme.

Il s'est assis. Sa lèvre inférieure tremblait.

– Je regrette de ne pas avoir davantage fréquenté ma famille, surtout maintenant que Tom n'est plus là. Cela paraît sans doute incroyable, vu ma façon de vivre seul dans mon coin, cependant je me rends compte à quel point les proches et les amis sont importants.

– Oui, ai-je approuvé. J'ignore ce que je serais devenu sans Boris, mon meilleur ami. Ou sans la perspective d'être, un jour, à nouveau heureux avec ma mère et Gaby.

– Tu as été contraint de mûrir vite, Cal. Tu portes une vieille tête sur tes jeunes épaules, voilà ce qu'on dit des gens comme toi. Désormais, il faut...

Bartholomé a été interrompu par le bruissement d'une ombre mouvante qui m'a contraint à baisser la tête en une seconde. Une énorme pie était descendue de l'étage pour tournoyer dans la pièce avant de se poser à grand bruit sur le moteur d'avion.

– C'est l'oiseau qui m'a foncé dessus tout à l'heure ! me suis-je exclamé. Quand je remontais l'allée. Il m'a attaqué en piqué !

– Oh, le Baron noir ! s'est esclaffé mon grand-oncle, avec presque autant de fierté dans la voix que lorsqu'il parlait de l'Orque. Un vrai prédateur, celui-là. Dès qu'il aperçoit un intrus, il fond sur lui !

Le majestueux oiseau noir et blanc a replié ses ailes tout en me fixant de ses yeux bruns où se reflétait la lueur du feu de cheminée.

– J'ai peint mon avion à ses couleurs mais une fois le travail terminé, le noir et le blanc m'ont fait penser à une orque plutôt qu'à une pie. D'où le nom que je lui ai choisi.

Tout en caressant les plumes du volatile, il s'est adressé à lui :

– Qu'est-ce que tu as, Baron ? Pourquoi tu ne dors pas ? Tu devrais être couché depuis longtemps.

Les yeux mi-clos, tandis que mon grand-oncle ébouriffait les plumes de son cou, l'étrange oiseau a émis une sorte de chant, puis s'est envolé vers un angle de la pièce pour se percher dans l'ombre.

– Je l'ai recueilli après un orage, et élevé au biberon, m'a expliqué Bartholomé. C'est un excellent compagnon. Il s'est même habitué au bruit du fusil.

Au-dessus de nos têtes, j'ai entendu des grattements : le Baron Noir s'installait pour la nuit sur son perchoir.

Nous nous sommes attablés devant l'aile d'avion. Mon grand-oncle a allumé une autre lampe à pétrole, coupé du pain, du fromage et servi du thé.

– À présent, raconte-moi ton histoire.

J'ai hésité. Il avait déclaré ne pas s'intéresser aux informations diffusées par les médias ; je n'avais donc aucune idée de ce qu'il savait. Je ne voyais pas de poste de télévision, en revanche je distinguais des voix monotones provenant d'une radio, brouillées de temps à autre par des parasites.

– Par où commencer… ai-je soupiré.

Finalement, j'ai démarré à partir du voyage de mon père en Irlande et de la lettre de mise en garde qu'il m'avait envoyée. J'ai continué en parlant de sa maladie, des dessins qu'il avait réalisés avant de mourir, puis de sa mort, ce qui a ravivé le souvenir des événements horribles dont ma famille et moi avions été les victimes ces derniers mois. Après avoir évoqué l'agression qui avait plongé Gaby dans le coma, et la condamnait à rester hospitalisée en soins intensifs, il m'a été plus facile de poursuivre ma confession.

C'était une sensation apaisante de pouvoir me confier sans retenue à Bartholomé : il faisait partie de ma famille, c'était l'oncle de mon père.

Il m'a écouté sans m'interrompre jusqu'à la fin de mon récit…

22 mai
J –224

09:04

Dès mon réveil, j'ai envoyé un texto à Boris :

ArriV a Mt Helicon. Tou va bi1. Endroi Gnial. Javans'. A+. Tcri bi1to.

10:19

Après notre longue conversation de la veille, mon grand-oncle Bartholomé m'avait installé un matelas gonflable dans une pièce meublée, en tout et pour tout, d'une antique coiffeuse et d'un miroir. Je m'étais alors rendu compte que je l'avais obligé à veiller beaucoup plus tard qu'à son habitude : il semblait épuisé et très âgé. Quant à moi, j'avais mal à la gorge d'avoir tant parlé.

Nous nous sommes retrouvés autour d'un petit déjeuner composé de saucisses et de tomates, servi sur l'aile d'avion.

– Tu en as vu de toutes les couleurs, pas vrai ? a-t-il dit, la bouche pleine. Il m'arrive parfois d'écouter la radio. Quand on a mentionné un adolescent qui s'appelait Ormond et qui avait des problèmes, j'ai pensé à toi, surtout après avoir reçu la lettre de Tom.

– Mon père vous a envoyé une lettre ?

– Oui, a-t-il confirmé en renversant maladroitement de la sauce barbecue dans son assiette. J'ai téléphoné à ta mère suite à l'enterrement de Tom pour m'excuser de ne pas avoir pu y assister. Mon cœur me jouait déjà des tours. Je l'ai rappelée au début de cette année, juste après avoir entendu citer ton nom à la radio... Je dois dire qu'elle m'a paru bizarre...

– Elle a traversé des moments très difficiles.

– Je me suis inquiété à son sujet. Lorsque j'ai voulu la joindre à nouveau quelques semaines plus tard, la ligne était coupée.

– Oui, elle a emménagé chez Ralf. Elle y vit désormais. Il lui a cédé sa maison.

– Très généreux de sa part, a observé mon grand-oncle en haussant ses sourcils blancs broussailleux.

– Vous disiez avoir reçu une lettre de mon père.

– Oui, oui. Je ne sais pas trop où je l'ai mise. En tout cas, il m'écrivait qu'il avait découvert l'ange Ormond et qu'il avait eu vent de rumeurs à propos d'un important secret de famille datant de plusieurs siècles. Il voulait me rendre visite ici. Il se souvenait que je conservais des documents anciens sur la famille. Je l'ai prévenu que je n'étais pas sûr de pouvoir l'aider, mais qu'à une époque, je possédais certains papiers relatifs au testament de Piers Ormond. Quand on atteint mon grand âge, on ne peut pas s'empêcher de devenir un peu archiviste sur les bords. Un archiviste incapable de se rappeler ce qu'il détient !

Cela faisait une éternité que je n'avais pas obtenu autant d'informations. Un frisson d'excitation m'a parcouru de la tête aux pieds.

– Vous les avez toujours, ces papiers qui concernent le testament de Piers Ormond ?

– C'est possible, a-t-il répondu d'une voix hésitante. Il faudrait que je fouille dans ma paperasse.

– Mais il y en a des tonnes, ai-je soupiré.

– Les documents sont sûrement quelque part par là.

J'ai contemplé autour de moi l'immense bibliothèque de magazines et de revues, et l'invraisemblable collection de morceaux d'avions. Son salon ressemblait au repaire de Dep.

– Et la Singularité Ormond ? ai-je demandé en me tournant vers lui. Que savez-vous à son sujet ?

– La Singularité Ormond, a-t-il répété en fronçant les sourcils à nouveau. Cette expression me dit quelque chose. Voilà des années et des années que je ne l'avais pas entendue. Je crains d'avoir complètement oublié de quoi il s'agissait... si je l'ai jamais su.

– Mais vous en avez entendu parler, ai-je insisté. Et l'Énigme Ormond?

Il a hoché la tête.

– Absolument, oui. L'Énigme Ormond... La famille Ormond a beaucoup de secrets. Le problème, c'est que je les ai oubliés pour la plupart.

Il ne me restait plus qu'à tenter de rafraîchir la mémoire du vieil homme. J'ai fouillé mon sac à dos et sorti le dossier en plastique contenant les dessins de mon père, la feuille de calque sur laquelle étaient inscrits les noms Kilfane et G'managh, et l'Énigme Ormond. Lorsque j'ai tendu le vélin à mon grand-oncle, il l'a pris entre ses doigts avec une délicatesse respectueuse.

– Je n'en crois pas mes yeux! s'est-il exclamé. Où as-tu trouvé ce parchemin? Il ressemble au manuscrit original! Je n'avais pas compris que c'était ça que tu avais dérobé chez Oriana Machinchose! Bien joué, mon garçon! À ma connaissance, l'Énigme a disparu du temps de mon grand-père. Jusqu'à ce qu'elle soit volée, elle était toujours restée dans la famille, où on se la transmettait de génération en génération. J'ignore comment cette femme se l'est procurée, mais les collectionneurs adorent ce genre de vieilleries. Il existe un marché juteux pour de telles antiquités.

Bartholomé avait plus de quatre-vingts ans. Donc, un événement de l'époque de son grand-père remontait à des temps très anciens. J'ai fait un calcul approximatif, regrettant que Boris – ma machine à calculer vivante – ne soit pas à mes côtés. Le vol de l'Énigme Ormond devait dater des années 1850, il y avait plus de cent cinquante ans.

J'ai observé Bartholomé tandis qu'il lisait à plusieurs reprises le texte aux lettres calligraphiées et à l'orthographe étrange.

L'Énigme Ormond

De huit fueillez ma bele Dame est couronnée
Tout au rond de son parfaict Visage vermeil
Treize larmez de Lune vers l'huis du Souleil
Prendre un tour a dextre sur Champ de Gueulez
Pour le doulx Peché de la Royne,
un devra adjouster
Ainsi descouvers seront le Secret et le Don

Mon grand-oncle est resté un long moment silencieux. Comme s'il réfléchissait.

– J'avais entendu dire que cette Énigme était compliquée à résoudre, a-t-il fini par déclarer en levant les yeux. Surtout qu'il manque les deux derniers vers.

– Vous étiez au courant ?

– Oh, oui. L'Énigme a été amputée voilà plusieurs siècles. On a coupé les deux derniers vers au XVIIIe siècle, ou même plus tôt, probablement par ressentiment, afin qu'il soit impossible de la déchiffrer. Le ressentiment est monnaie courante ici-bas.

Bartholomé a posé le vélin sur la table avec un air contrarié.

– Bon sang ! Qu'est-ce qui crée des interférences avec ma station de météorologie ? a-t-il grondé. Ah, sacrés parasites !

Pour ma part, j'aurais préféré qu'il éteigne sa radio. Depuis plusieurs minutes, il n'en sortait qu'un horrible crachouillis.

– Tu t'es lancé dans une incroyable aventure, Cal, a repris mon grand-oncle. Et je suis heureux d'être toujours de ce monde pour faire ta connaissance et t'aider de mon mieux. Sincèrement, tu es le bienvenu chez moi. Tu peux rester ici tant que tu voudras. Ce n'est pas le Taj Mahal, mais c'est mieux que Leechwood. Ici, pas de camisoles de force, je te le garantis !

C'était génial de pouvoir compter sur lui. Melba m'avait déjà étonné en me manifestant toute sa gentillesse ; me sentir soutenu par un parent était encore plus rassurant. Les autres membres de ma famille, eux, se trouvaient dans l'incapacité de m'aider.

– Merci.

La radio poursuivait ses grésillements désagréables.

Bartholomé s'est levé et m'a donné une petite tape sur l'épaule avant d'aller manipuler le poste pour tenter de le régler.

– J'aime bien écouter la météo. Ça me rappelle le temps où j'étais pilote, les briefings sur les conditions climatiques et les restrictions de vol. Là, voilà, on capte mieux à présent.

Il s'est tourné vers moi :

– Où en étions-nous ? Ah, oui ! L'Énigme Ormond. Certains prétendent que c'est un poème sans queue ni tête, d'autres affirment qu'il s'agit d'un document précieux, recelant un secret historique majeur.

J'ai repensé aux suggestions de Winter et déclaré :

– Une amie a pensé à une énigme chiffrée.

Bartholomé a hoché la tête.

– Possible, possible. Qui sait... En tout cas, je suis content que l'Énigme soit de retour dans la famille.

De nouveau distrait par le son crachotant de la radio, il s'est écrié :

– Bon sang de bois, fichues interférences ! Je ne vois vraiment pas ce qui peut les provoquer !

« Bizarre », ai-je pensé. Brian, le conducteur de la fourgonnette, avait lui aussi évoqué des interférences avec son poste émetteur avant de lancer une plaisanterie sur la présence d'un ovni dans les parages ! Peut-être le temps incertain provoquait-il ces brouillages.

Mon grand-oncle Bartholomé a reporté son attention sur les dessins que j'avais étalés sur l'aile d'avion.

– Mon père a dessiné cet ange deux fois, vous voyez. Cet indice nous a menés au vitrail du mausolée de Memorial Park, le monument élevé à la mémoire de Piers Ormond.

– Je ne l'ai pas connu. Mais que signifient tous ces autres dessins ? Est-ce Tom qui les a réalisés ?

J'ai aussitôt acquiescé :

– Oui. Depuis que je les ai récupérés, je tente de déchiffrer leur sens avec l'aide de mon ami Boris. Le jour même où je les ai reçus par courrier, Ralf a essayé de me les subtiliser.

– Ralf a toujours été un drôle d'individu. Il cherchait peut-être à te protéger, à t'éviter un choc émotionnel. J'ai été heureusement surpris d'apprendre qu'il avait cédé sa maison à Erin.

– Son geste m'a étonné, moi aussi.

Bartholomé s'est appuyé sur la table pour se lever avant de me lancer :

– Cal, assez parlé ! Ça te dirait de travailler sur l'Orque avec moi ?

30 mai
J –216

18:25

Une nouvelle journée géniale passée dans le hangar de l'Orque s'achevait. Depuis une semaine que j'habitais chez mon grand-oncle, j'avais appris à le connaître un peu mieux. Je le vouvoyais toujours, mais je l'appelais maintenant par son prénom. Aussi étrange que cela paraisse, j'étais heureux que ma vie de fugitif m'ait conduit à Mount Helicon pour le rencontrer.

Bartholomé a posé ses outils puis s'est frotté les mains.

– Il commence à faire un froid de canard ici. Rentrons à la maison et jetons encore un coup d'œil sur ces dessins. Je vais ranimer le feu et nous préparer quelque chose à manger.

– Très bonne idée, ai-je approuvé.

18:34

Mon grand-oncle a poussé une pièce de moteur pour accéder à une pile de bûches fendues et de petit bois. Il en a placé sur les braises incandescentes et bientôt une lueur vive, chaleureuse, a éclairé la pièce, projetant des ombres dansantes sur les murs et au plafond.

Il s'est ensuite penché sur les dessins de mon père. Mais incapable de se concentrer, il a quitté la pièce en s'écriant :

– Il faut encore que j'éteigne la radio ! Satanés parasites !

Je me suis approché du feu pour me revigorer en l'attendant, tandis que le reste de pommes de terre et de soupe aux poireaux de la veille réchauffait. Le dîner allait être prêt. Quand Bartholomé est revenu, il avait l'air perplexe.

– Bizarre, il s'agit d'une interférence locale. Je ne comprends vraiment pas d'où elle provient. Aucun appareil ne tourne ici. Tu n'aurais pas un gadget électronique en marche dans ton sac ? Vous, les jeunes, vous possédez tellement de machins sophistiqués de nos jours.

– Non, je n'ai rien du tout.

Mon portable n'était même pas allumé.

Tout était calme à présent que les crachouillis de la radio s'étaient tus. On n'entendait que le craquement du feu. Mon grand-oncle a secoué la tête puis entrepris de nous servir à manger. Une fois restaurés, nous avons examiné les dessins.

– Alors, qu'est-ce que tu as découvert, avec tes amis ? a demandé Bartholomé.

– Nous pensons avoir déchiffré certains éléments.

Je lui ai montré le dessin représentant une multitude de babioles.

– On peut porter chacun de ces objets sur soi.

– Mais évidemment qu'on peut les porter sur soi ! s'est exclamé mon grand-oncle d'une voix forte.

– Pardon ?

Ébahi, il m'a dévisagé comme si j'étais idiot.

– Ce n'est pas sorcier, voyons. Les bijoux sont faits pour être portés, non ?

– Quels bijoux ?

Mon excentrique grand-oncle a cligné des yeux avant d'annoncer très distinctement :

– Le Joyau Ormond !

Le Joyau Ormond ? J'en suis resté sans voix. Était-ce le bijou au sujet duquel Vulkan Sligo m'avait interrogé en janvier dans l'entrepôt de voitures ?

– Il est évident que ces dessins se rapportent au Joyau Ormond, a repris Bartholomé. Regarde, là.

Il m'a désigné le torse de l'ange Ormond :

– Sur les deux dessins, il le porte autour du cou.

J'ai fixé le point qu'il me montrait. En effet, il pouvait s'agir d'un bijou, cependant je n'étais pas tout à fait convaincu.

– Remarque, j'ai toujours pensé que le Joyau Ormond était une légende familiale, ou alors qu'il avait disparu depuis des années, voire des siècles, après avoir été desserti et vendu. Comme tu as entendu parler de l'Énigme Ormond, je m'étonne que tu ne sois pas au courant de son existence. Ils font la paire.

Je connaissais déjà l'ange, l'Énigme et la Singularité Ormond et voici que Bartholomé mentionnait un Joyau Ormond... qui était lié à l'Énigme !

Mon père l'avait-il eu entre les mains ?

– Après le cambriolage de notre maison, à Richmond, quand on a découvert le coffret à bijoux vide dans la valise, on s'est doutés qu'un objet avait été volé, mais on ignorait lequel. Qu'est-ce que vous savez de plus au sujet du Joyau Ormond ?

Je me suis aperçu que mon grand-oncle ne prêtait aucune attention à mes paroles. Parfaitement immobile, la tête inclinée de côté, il tendait l'oreille.

– On vient, a-t-il déclaré. Une voiture approche. Je suis capable de percevoir le moindre bruit de moteur à des kilomètres de distance. Où est mon fusil ?

– Attendez, je vous en prie, parlez-moi de ce Joyau Ormond. Il est possible que mon père l'ait eu en sa possession. Je suis presque sûr qu'il l'avait caché dans sa valise.

Bartholomé n'était plus d'humeur à discuter; il introduisait deux cartouches dans le canon de son fusil. L'arme cassée sur le bras, il est monté à l'étage. J'étais frustré qu'il se laisse distraire aussi facilement – et se montre si prompt à empoigner son fusil –, pour la seule raison qu'une voiture passait au loin. De mon point de vue, rien n'avait autant d'importance que le Joyau Ormond. Il fallait que je prévienne Boris!

Soudain, de son perchoir plongé dans la pénombre, le Baron noir a lancé un cri étrange, sinistre, comme un avertissement. Mon excitation est retombée, aussitôt remplacée par la peur. Et si la voiture que Bartholomé avait entendue appartenait à des gens mal intentionnés cherchant à s'emparer des indices étalés en ce moment même sur l'aile d'avion?

Les ombres dansantes projetées par le feu m'ont paru affreuses, dangereuses. Les crépitements émanant du foyer semblaient chargés de menace : ils m'évoquaient le son des brindilles qui craquent sous les pas furtifs d'un prédateur.

Le cœur battant, je me suis rué dans l'escalier à la suite de mon grand-oncle.

L'étage était, lui aussi, encombré de morceaux d'avions. Des draps recouvraient des formes mystérieuses et j'imaginais d'invisibles dangers tapis dessous. J'ai trouvé Barth！omé dans la pièce qui donnait sur la façade de sa maison. Il avait l'œil rivé à un télescope installé à la fenêtre. Il ajustait l'angle de vue en déplaçant légèrement l'appareil de droite à gauche. Tout à coup, il a poussé un cri de triomphe :

– Qu'est-ce que je te disais ! Une voiture fait des allers-retours incessants devant ma propriété. Regarde ça !

Effectivement, en collant l'œil sur le viseur, j'ai repéré un véhicule. Sous la clarté d'un rayon de lune, j'ai reconnu la Mercedes bleu foncé d'Oriana de Witt !

– Ce sont eux ! me suis-je exclamé.

Comment avaient-ils pu me suivre jusqu'ici ?

Mes yeux ont scruté le haut de l'escalier, derrière mon grand-oncle, comme si l'ennemi avait déjà investi la place.

– C'est la voiture des hommes de main d'Oriana de Witt !

– Ces misérables crapules n'ont pas intérêt à glisser le bout d'un orteil chez moi ! a grondé Bartholomé. Car je leur réserve un accueil explosif !

Puis, se tournant vers moi, il m'a agrippé les épaules.

– Comment savent-ils que tu es là ? s'est-il étonné. Comment est-ce possible ?

– Je n'en sais rien ! Ils ont dû me suivre ! Partout où je vais, ils parviennent à me retrouver !

– Mais tu es venu en stop il y a une semaine. Pourquoi auraient-ils attendu tout ce temps pour intervenir ?

– Je n'en sais rien, ai-je répété.

– Quoi qu'il en soit, ils t'ont localisé avec précision. Comme si ta position s'était affichée sur un écran radar.

– C'est impossible, à moins que...

Ma voix s'est étranglée dans ma gorge. Je me suis souvenu des interférences sur le poste radio de Brian et des parasites qui empêchaient mon grand-oncle d'écouter son bulletin météo. Une idée complètement dingue m'a traversé l'esprit. J'allais la formuler quand Bartholomé m'a ôté les mots de la bouche :

– À moins que tu n'émettes toi-même un signal.

– Ça signifie que quelqu'un...

– ... a caché une puce électronique dans tes affaires, mon garçon !

18:56

J'ai dévalé l'escalier, couru dans le salon pour réunir tout mon fatras dans mon sac à dos avant de remonter en quatrième vitesse.

– Je vais vérifier absolument tout ce que je possède, ai-je crié en me rendant à la salle de bains.

Mon grand-oncle a apporté une lampe à pétrole puis m'a attendu à l'extérieur de la pièce.

Une fois la baignoire bouchée, j'y ai déversé le contenu de mon sac, dont j'ai exploré du bout des doigts les moindres coins et recoins. Ensuite, je me suis dépêché d'examiner chaque objet. Je ne savais pas ce que je cherchais, mais j'imaginais qu'une puce électronique était un minuscule composant.

N'en ayant pas trouvé, j'ai enlevé tous les vêtements que je portais pour les observer un à un. Rien, et de toute façon, c'était Boris qui me les avait apportés, en même temps que le nouveau sac à dos. Personne n'aurait pu y cacher quoi que ce soit. Pourtant, la Mercedes bleu foncé se tenait en embuscade, à moins d'un kilomètre.

J'ai commencé à me rhabiller. C'est alors qu'en enfilant mon sweat, je me suis cogné l'épaule droite, juste à l'endroit où elle était sensible, contre un crochet porte-serviette fixé au mur. J'ai poussé un juron.

Mon grand-oncle a passé la tête dans la salle de bains :

– Est-ce que ça va ? Tu as découvert quelque chose, Cal ?

– Non, rien du tout.

– D'où vient ce sang sur ton épaule ? s'est étonné Bartholomé.

– Quoi ? ai-je demandé.

J'ai tiré sur mon sweat et me suis tordu le cou pour voir de quoi il parlait.

Une tache rouge s'élargissait sur l'épaule droite de mon tee-shirt.

– Tu devrais me laisser jeter un coup d'œil, a proposé Bartholomé. Descendons. On y verra plus clair en bas.

Peu après, armé de sa puissante lampe torche, il a observé mon épaule et déclaré :

– Tu as une vilaine infection. On dirait un furoncle.

– Un furoncle ?

– Je vais le désinfecter. Tu as dû recevoir un choc à cet endroit, ou alors le furoncle était mûr et s'est mis à saigner.

– Je me suis juste cogné contre un porte-serviette. Faites ce que vous jugez utile, mais s'il vous plaît, dépêchez-vous !

Tandis que, du bout des doigts, je tâtais avec précaution la peau brûlante et enflée de mon omoplate, Bartholomé fouillait dans une corbeille dont il a sorti un petit flacon. Il a versé un peu de liquide sur un coton et a tamponné la zone irritée. J'ai tressailli.

– A-aïe ! Doucement ! Qu'est-ce que c'est ? De l'acide sulfurique ?

Toutefois il avait déjà terminé et examinait attentivement la plaie.

– J'ai l'impression que tu as quelque chose sous la peau. Et ce n'est pas beau à voir : du sang et du pus en suintent.

Bartholomé a recommencé à me tamponner avec son désinfectant jusqu'à ce que je fasse un bond à l'instant où il touchait le point le plus sensible.

– Sûr et certain qu'il y a un truc là-dessous ! s'est-il exclamé d'une voix catégorique.

Prudemment, j'ai effleuré la zone infectée, et sursauté en sentant un corps étranger incrusté dans mon épaule.

– N'essaie pas de l'enlever, m'a ordonné Bartholomé. Il faut un instrument de précision pour ce type d'intervention.

Il a sorti une pince à épiler étincelante d'un tiroir. Quand il l'a plongée dans ma chair, j'ai serré les dents sous le coup de la douleur. Finalement, les mâchoires de la pince se sont refermées sur un élément dur. J'ai lâché un juron quand mon grand-oncle l'a extirpé et qu'un filet de sang a coulé le long de mon omoplate.

– Qu'est-ce que c'est que ça ? me suis-je inquiété, dégoûté par l'objet sanguinolent qu'il levait à la lumière.

19:18

Bartholomé a déposé sa trouvaille dans l'évier et l'a laissé tremper dans l'eau chaude pour la nettoyer, le temps de me coller un pansement sur l'épaule.

– Voilà ton furoncle, a-t-il annoncé en plaçant l'élément dans la paume de ma main.

Nous l'avons observé tous deux : il n'était pas plus gros qu'un petit clou et possédait une tête circulaire en forme de tambour. J'avais beau n'en avoir jamais vu, j'ai tout de suite su de quoi il s'agissait.

– Une puce électronique, ai-je murmuré. Un minuscule émetteur. Quand ont-ils pu me l'implanter ?

J'ai réfléchi à toute vitesse. Et j'ai compris.

– Aucun doute ! Ça s'est passé au mois de janvier, quand on m'a enlevé... et assommé ! En me réveillant, j'avais mal à l'épaule droite. Cet émetteur fonctionne donc depuis tout ce temps !

J'ai jeté un regard incrédule à mon grand-oncle.

– Voilà pourquoi Kevin sait toujours où je me trouve et peut vendre l'information à Sligo. Voilà comment mes poursuivants parviennent à me localiser !

Bartholomé s'est redressé.

– Ça explique aussi les interférences avec ma radio ! Cette puce émet en permanence. Elle continue d'ailleurs… Ah, les crapules ! Oser te coller un implant sous la peau !

Il a attrapé son fusil.

– Peu importe qui sont ces misérables, j'en fais mon affaire, a-t-il déclaré farouchement tout en rechargeant son arme. Et cette fois, ce sont des balles réelles que je leur réserve !

– Je dois absolument filer, ils seront là d'une seconde à l'autre !

Mon grand-oncle Bartholomé m'a stoppé net :

– Non ! Reste ! Faisons-leur croire que tu es parti !

Une lueur d'excitation s'est allumée dans les yeux du vieil homme. « Il divague », ai-je pensé. J'ai voulu le raisonner :

– Écoutez, Bartholomé, si ces brutes pénètrent dans la maison, elles ne s'en prendront pas seulement à moi. Nous devons fuir tous les deux. Mais, d'abord, je détruis cette maudite puce !

Il m'a saisi le bras :

– Attends ! J'ai une bien meilleure idée.

19:26

Il a reposé le fusil contre le mur, arraché de ma main l'émetteur miniature, ouvert la porte du réfrigérateur et sorti un steak haché.

Pensant qu'il était devenu vraiment fou, j'ai à nouveau tenté de le persuader.

– Je vous en prie, partons. Vous ne comprenez pas ? Vous êtes en danger, vous aussi !

Il ne m'a pas répondu. Les yeux levés vers le recoin obscur du plafond où le Baron noir s'était installé sur son perchoir, il a sifflé. Après avoir enrobé la minuscule puce électronique dans une boulette de viande, il a encore sifflé. Cette fois, j'ai entendu un bruissement. Le Baron noir s'est laissé tomber sur la table en se rétablissant d'un coup d'ailes, avant de les replier et d'avancer le bec vers le morceau de steak. Il l'a dévoré avec avidité, avalant le tout quasiment d'un coup, puce comprise.

– Le Baron noir n'aime pas être dérangé la nuit, a constaté mon grand-oncle, pourtant cette fois il devra prendre son mal en patience. Il a une mission importante à remplir !

Comprenant le plan de mon grand-oncle, j'ai éprouvé du respect pour lui. Décidément, ce vieux bonhomme était génial !

Toutefois je m'interrogeais sur la réaction de l'estomac de l'oiseau au contact du petit émetteur qu'il venait d'absorber. Comme s'il avait lu dans mes pensées, mon grand-oncle m'a rassuré :

– Ne t'inquiète pas pour lui. La nature a tout prévu. Tu as déjà vu des graines de gui ? Elles sont énormes et il les absorbe sans problème. Je t'assure qu'il ne s'apercevra de rien.

Bartholomé a soulevé le Baron noir en lui caressant doucement la tête et l'a emmené à l'étage. Arrivé au bout du couloir, il a ouvert la fenêtre pour le lancer dans la nuit.

Après avoir poussé quelques cris de protestation et hérissé de mécontentement ses plumes noires et blanches, l'oiseau a étendu ses ailes et s'est envolé vers la forêt profonde, au-delà des prés entourant la maison.

– Sacré pilote ! s'est exclamé mon grand-oncle, admiratif. Pas besoin d'un tableau de bord pour slalomer de nuit entre les arbres !

Puis il a gloussé de rire et ajouté :

– Ça devrait les occuper un bon moment.

J'ai regardé au-dehors. Avalé par les ténèbres, le Baron noir avait disparu

Nous avons collé chacun notre tour un œil au télescope pour surveiller la Mercedes bleu foncé, à présent stationnée tous feux éteints sur le bas-côté de la route. Soudain, j'ai vu avec soulagement ses phares se rallumer. Elle a démarré et pris la direction de la forêt.

Ses occupants étaient tombés dans le panneau et suivaient le Baron noir !

Grâce à lui, j'allais gagner quelques heures de répit.

19:37

Ignorant combien de temps la pie tiendrait mes ennemis à distance, nous sommes redescendus au rez-de-chaussée pour barricader la maison, repoussant tables, moteurs d'avion, pièces de carlingue et buffets contre la porte d'entrée, puis bloquant toutes les fenêtres. Je devinais que bientôt, j'aurais à nouveau Oriana de Witt et ses malfrats à mes trousses ; ce n'était qu'une question d'heures. Mais, pour l'instant, je pouvais souffler.

Bartholomé a mis de l'eau à chauffer dans la bouilloire. La nuit était calme. J'imaginais avec délice les sbires d'Oriana de Witt en train de tourner en rond dans la forêt, à ma recherche. J'espérais que le Baron noir les attirerait le plus loin possible.

Tout à coup, mon grand-oncle s'est agrippé la poitrine.

– Ça ne va pas ? me suis-je inquiété.

– Ce n'est rien. Ne t'en fais pas. Le malaise est déjà passé.

En effet, il reprenait des couleurs. À moitié rassuré, je lui ai demandé :

– Vous croyez qu'ils vont mettre longtemps à comprendre notre stratagème ?

– Plusieurs jours, sans doute.

Je n'en étais pas si sûr.

20:31

Bartholomé a déposé nos bols de thé vides dans l'évier.

– Vous savez, lui ai-je dit, je pense que mon père possédait le Joyau Ormond. À mon avis, il se trouvait dans sa valise, celle que sa logeuse nous a expédiée d'Irlande. Regardez ce que j'ai découvert au milieu de ses vêtements.

J'ai sorti de mon sac à dos la feuille de calque portant les noms Kilfane et G'managh avant d'ajouter :

– Il y avait aussi un coffret à bijoux vide. Ma mère et moi ne l'avions jamais vu. Nous ne savions même pas que mon père en conservait un dans ses affaires. Nous l'avons remarqué quand nous avons remis de l'ordre dans la maison, après le cambriolage.

– Tu crois que le bijou a été dérobé par les malfaiteurs qui se sont introduits chez toi ?

– En tout cas, il a disparu, ai-je acquiescé. Vous pourriez me donner des précisions sur ce bijou ? Me le décrire ?

– Je ne veux surtout pas te décourager, Cal, seulement il y a fort peu de chances que le Joyau Ormond existe encore sous sa forme d'origine.

L'évidence m'a frappé comme la foudre :

– Mais voilà où est passé l'argent !

– Quel argent ?

À cause de tous les événements vécus depuis cinq mois, j'avais oublié la colère et la stupéfaction de ma mère, le jour où elle avait appris que mon père avait dépensé la totalité de leurs économies.

– En Irlande, mon père a retiré en quelques jours plus de cent mille dollars de la banque. On a pensé qu'il était devenu fou, que ce comportement irresponsable était une conséquence de sa maladie. En réalité, cela lui a sans doute permis d'acheter le Joyau Ormond !

Mon grand-oncle m'observait d'un air très sérieux.

– Il a pu, en effet, retrouver sa trace. Pour en être sûr, il faudrait que tu te rendes en Irlande, là où il l'a acquis. Je ne pourrai pas t'accompagner. En revanche, je peux t'aider dès ce soir : il me semble que la description de ce bijou figure dans l'un de mes livres.

Le Joyau Ormond était-il le trésor après lequel couraient Vulkan Sligo et Oriana de Witt ? Cela me paraissait peu crédible.

Mon grand-oncle s'est mis à fouiller avec frénésie ses piles de livres et de revues.

– L'ouvrage en question doit être quelque part par là. Il va peut-être me falloir un moment pour mettre la main dessus.

20:55

Tandis que Bartholomé poursuivait ses recherches agenouillé sur le sol, j'en ai profité pour m'éclipser, rallumer mon portable et appeler Boris.

– C'est moi ! ai-je lancé dès qu'il a décroché.

– Cal ! Comment vas-tu, mon pote ? Ça y est, tu es à Kilkenny ?

– Oui, tout va bien, sauf qu'on m'avait implanté une puce électronique dans l'épaule, mais peu importe. Tu ne devineras jamais ! Mon grand-oncle m'a parlé d'un bijou appelé le Joyau Ormond. Tu entends : le Joyau Ormond ! À mon avis, mon père l'avait acheté !

– Le coffret vide ! s'est exclamé Boris au comble de l'excitation. Tu crois que vous avez été cambriolés à cause de ce bijou ?

– J'en suis sûr. Quelqu'un a dû découvrir que mon père était en sa possession et il s'est arrangé pour le dérober.

– Tu as raison. Dans la lettre de ton père, il était question de « devenir riche ». Le Joyau Ormond serait l'objet précieux auquel il pensait !

– Je me suis fait la même réflexion au départ. Seulement n'oublie pas qu'il y a eu une deuxième effraction chez nous, quand Gaby a été blessée. Voilà le problème : si le Joyau Ormond est bien le trésor tant convoité, pourquoi ces deux bandes de gangsters sont-elles toujours à mes trousses ?

– Un point pour toi, mec, a grommelé Boris.

– Ça n'a aucun sens. Sligo et Oriana de Witt ne peuvent pas croire que je détiens le bijou, puisque l'un d'eux l'a forcément récupéré.

– Exact ! Alors, raconte-moi ce que tu sais sur ce bijou.

– Pas grand-chose. Bartholomé en a la description dans un livre. Il la cherche en ce moment même. Il a aussi conservé des papiers relatifs au testament de Piers Ormond. Mais il règne une telle pagaille dans cette maison qu'il a toutes les peines du monde à dénicher ces documents. Je te rappellerai dès que j'aurai du nouveau.

À cet instant, j'ai entendu mon grand-oncle pousser un cri de triomphe depuis le salon :

– Enfin !

– Je te laisse, Boris. À plus.

21:12

Bartholomé s'est relevé en brossant la poussière accumulée sur ses vêtements. Il a déposé avec précaution sur l'aile d'avion le vieux livre qu'il tenait entre ses mains. Il s'agissait d'un ouvrage ancien relié en cuir, défraîchi, et dont le titre, inscrit sur le dos en lettres d'or, était à moitié effacé. Le temps avait raidi et jauni ses pages.

Mon grand-oncle l'a feuilleté délicatement avant de parvenir à celle qui l'intéressait.

– Voici une description d'époque du Joyau Ormond, m'a-t-il annoncé. Elle a été rédigée par un courtisan.

O

LE JOYAU ORMOND

Un bel Joiel d'or, une Medaille sur la face de laquelle une grande Esmeralde est sartie de Rubiz et de Perlez rouges et blans, tenans en son dedanz une Ymage de la Dame Souveraine, et au dos garni de Rosez esmaillées.

– Malgré cette langue difficile à déchiffrer, j'arrive à me représenter le bijou, ai-je conclu. Il doit être impressionnant : un médaillon en or orné d'une énorme émeraude sertie de rubis et de perles avec, à l'intérieur, le portrait d'une grande dame... et, au dos, des roses émaillées.

– Pas une grande dame, m'a corrigé Bartholomé, la Dame Souveraine. C'est-à-dire la reine. Le Joyau Ormond renferme probablement un portrait miniature la représentant. Ce type de bijou était très à la mode au temps des Tudor, l'équivalent pour l'époque de nos portraits photographiques d'aujourd'hui.

– Ce joyau aurait été donné à la famille Ormond par la reine ?

– Selon la légende, oui. Elizabeth Ière, surnommée « la reine vierge » parce qu'elle ne s'est jamais mariée, offrait des joyaux à ses favoris ou à ceux qui l'avaient loyalement servie. Tu devrais en discuter avec ma sœur, Emily. C'est elle, l'historienne de la famille. Elle conserve tous les papiers et documents qui s'y rapportent. Moi, je me suis davantage intéressé aux avions.

– Emily ? Elle pourrait détenir des renseignements sur la Singularité Ormond ?

Mon grand-oncle ne m'a pas répondu. Il se tenait droit sur son siège, l'air extrêmement surpris.

– Regarde-moi ça !

Je me suis approché. Il tapotait le dessin de mon père représentant le serveur, avec un plateau et les cartes à la combinaison gagnante.

– Ce maître d'hôtel, avec son plateau... Il a sorti un black-jack !

– Exact. On avait repéré cet indice, nous aussi. Sauf qu'on avait pris l'homme pour un serveur.

À présent, en y repensant, je me souvenais que Winter avait également parlé d'un possible maître d'hôtel.

Bartholomé m'a jeté un regard attendri.

– Même avec le cerveau brouillé, Tom essayait de te communiquer une information très importante, a-t-il insisté. Tu vois le personnage qu'il a dessiné ? Il s'agit d'un maître d'hôtel ou d'un majordome, qu'on appelle aussi un « butler » en anglais. Tu l'ignores sans doute, mais notre nom, Ormond, provient d'une grande famille originaire d'Irlande, les Butler. Ils ont été comtes puis ducs d'Ormond. Ce sont tes ancêtres.

J'ai observé le serveur, son plateau et ses cartes. Une pièce supplémentaire du puzzle venait de trouver sa place !

– Je me demande, a poursuivi mon grand-oncle, si, en dessinant cette paire gagnante, un black-jack, ton père ne voulait pas te mettre sur la voie d'un comte d'Ormond en particulier.

Il s'est tu un instant avant de reprendre :

– Que dirais-tu si je t'apprenais que le surnom du dixième comte était Black Tom ? Black Tom Butler, dixième comte d'Ormond.

J'ai cligné des yeux. Le dessin que j'avais examiné des centaines de fois, sur lequel je m'étais posé tant de questions, prenait soudain une nouvelle signification. Black-jack. Black Jack. Black Tom Butler. Était-ce à lui que mon père faisait allusion ?

– C'est étrange : des événements qui se sont déroulés il y a plusieurs siècles semblent liés à la découverte de mon père il y a tout juste un an, ai-je remarqué.

– Certaines choses sont intemporelles. Elles demeurent dans l'ombre, attendant d'être dévoilées. Le temps a beau s'écouler, il n'y change rien.

Était-ce le cas de la Singularité Ormond ? Était-ce un événement vieux de quatre cents ans « attendant d'être dévoilé » ? J'ai reporté mon attention sur Bartholomé qui disait :

– Je me souviens maintenant de l'histoire qu'on racontait dans la famille à propos du Joyau Ormond. Il aurait été offert à Black Tom par sa cousine, la reine.

– Black Tom était un cousin de la Dame Souveraine ?

– Oui, oui. Et l'Énigme Ormond aussi était liée à Black Tom.

J'ai enregistré cette information supplémentaire : un lien existait entre l'Énigme Ormond, le Joyau Ormond et celui qu'on appelait Black Tom Butler, quatre cents ans plus tôt. J'aimais bien le nom un peu pirate de ce personnage.

– En tout cas, si ton père possédait le Joyau et connaissait l'existence de l'Énigme, il se trouvait sur la bonne voie pour dénicher... qui sait ? J'ai toujours entendu parler, dans la famille, d'une vague histoire selon laquelle l'Énigme et le Joyau devaient être assemblés. Il faut les deux... Pour quoi ? Je l'ignore.

Il a haussé les épaules avant de poursuivre :

– Possible qu'il faille détenir l'une et l'autre pour percer le secret de la Singularité Ormond, quelle qu'elle soit.

Puis, secouant la tête, il a ajouté :

– En revanche, je suis sûr que même si tu résous l'Énigme Ormond – et la tâche promet d'être difficile sans les deux derniers vers – cela ne te servira à rien si tu ne détiens pas le Joyau.

Subitement, je me suis remémoré les paroles de Winter : elle avait surpris une conversation entre Kevin et Zombrovski. Il y était question d'un code à double clé !

– Les deux éléments sont nécessaires, ai-je dit lentement, parce que chacun constitue la moitié d'un code à double clé. L'Énigme en est une, le

Joyau l'autre ! Les deux réunies révèlent peut-être la Singularité Ormond !

– Je crois que tu as mis le doigt sur un point crucial, Cal.

– Vous avez dit que Black Tom était le dixième comte. Il y en a donc eu neuf avant lui, et sans doute d'autres après. Qu'avait-il d'exceptionnel, lui ?

– Il a fait bâtir beaucoup de châteaux et de forteresses... Il a laissé son empreinte. Deux ou trois châteaux subsistent et ouvrent même leurs portes au public. Mais, le plus important, c'est que Black Tom est lié au Joyau et à l'Énigme. Ça me revient. Quand j'étais petit, ma sœur Emily m'a appris qu'il était l'auteur supposé de l'Énigme. À l'époque des Tudor, les complots politiques se succédaient. Les codes secrets étaient indispensables, surtout si l'on fomentait des mauvais coups. En ce temps-là, les conspirateurs risquaient d'être décapités pour trahison s'ils étaient démasqués.

– Il est possible que l'Énigme Ormond cache un secret d'État ? ai-je suggéré.

– Oui, pourquoi pas ?

Un morceau de bois a éclaté dans le feu. J'ai sursauté. Tous ces détails historiques me paraissaient complexes. Une conclusion cependant s'imposait : si je voulais percer le secret de mon père, je devais mettre la main sur ce Joyau. Mais qui le possédait ?

23:55

Allongé sur mon matelas gonflable, je n'arrivais pas à trouver le sommeil. J'écoutais avec attention les derniers crépitements du feu, espérant que je n'entendrais pas revenir, au loin, les hommes de main d'Oriana de Witt.

31 mai
J –215

16:50

Ni le Baron noir ni la Mercedes ne s'étaient montrés de la journée. Je me demandais dans quel endroit cette pie, si prompte à défendre son territoire, avait entraîné mes poursuivants. Bartholomé s'était replongé dans ses livres et ses papiers. Il cherchait les documents sur Piers Ormond qui, selon lui, devaient forcément être « quelque part », au milieu de ce capharnaüm.

– Ils ressemblent à quoi exactement ? ai-je lancé, pour l'aider.

Accroupi par terre, il s'est redressé.

– Je me rappelle les avoir rangés dans une grande enveloppe portant l'adresse d'un notaire. Je l'ai ensuite glissée dans un livre. Je ne me souviens malheureusement pas lequel.

Il a regardé autour de lui d'un air penaud.

– Peut-être que ce n'était pas un livre, après tout, mais un magazine.

Découragé, j'ai contemplé la pièce débordant de revues consacrées à l'aviation.

Quelque part parmi toutes ces piles de livres et de journaux, se trouvait la fameuse enveloppe. La seule solution était d'examiner les exemplaires un par un.

18:34

Nous avions presque fini de vérifier le contenu de chaque livre et de chaque revue du rez-de-chaussée. Il me restait une dernière boîte de magazines d'aviation à inspecter. Je tâchais de ne pas me laisser distraire par les photos et les récits sur lesquels je tombais. Tout cela me rappelait mon enfance : j'adorais feuilleter les revues spécialisées de mon père pour y découper des avions que je collais ensuite dans mon album, rêvant de piloter un jour à mon tour.

Au fond de la boîte, j'ai aperçu une coupure de journal jaunie qui dépassait des pages d'un magazine. Son titre a attiré mon attention :

LE CAUCHEMAR
DES BÉBÉS JUMEAUX
KIDNAPPÉS

J'allais lire l'article quand j'ai senti une présence derrière moi.

Inquiet, j'ai fait volte-face. Bartholomé se penchait par-dessus mon épaule. D'un geste rapide, il m'a arraché la feuille des mains.

– Ne perds pas ton temps avec ces vieux machins! m'a-t-il ordonné. Je croyais que tu étais pressé de trouver les documents concernant Piers Ormond!

Décontenancé par son expression à la fois chagrine et mécontente, j'ai balbutié :

– Je ne voulais pas être indiscret. J'ai juste...

– Peu importe! On a fini ici. Maintenant on s'attaque aux archives de l'étage. Dépêche-toi!

Choqué par son ton cassant, je me suis relevé. Qu'y avait-il de mal à lire un article de journal? Ce n'était qu'un fait divers de plus. Bartholomé avait réagi comme si j'avais commis un acte répréhensible. Perplexe, je l'ai suivi à l'étage en m'efforçant de ne plus y penser.

21:03

Je venais de fouiller une autre boîte lorsque j'ai reconnu un bruit familier. J'ai jeté un coup d'œil dans le couloir : le Baron noir voletait devant la fenêtre d'où il était sorti. Mon grand-oncle l'avait entendu, lui aussi. Il a couru lui ouvrir.

– Non! Non, Baron noir! a-t-il crié. Va-t'en! Retourne te promener! Dépêche-toi!

Mais l'oiseau n'en avait aucune envie. Au lieu de prendre son envol vers le ciel nocturne, il est entré dans la maison, a survolé le couloir, puis a piqué vers le rez-de-chaussée. Nous nous sommes précipités à sa suite. Il s'était posé sur l'aile d'avion. Bartholomé a tenté une fois de plus de l'amadouer pour le persuader de repartir. En vain. Le Baron noir refusait de bouger.

Mon grand-oncle l'a pris sur sa main et a déclaré :

– Il a faim. Il ne sait probablement plus se nourrir seul.

Bartholomé m'a fait signe de l'accompagner à la cuisine. Du réfrigérateur il a sorti un morceau de viande hachée, qu'il a entrepris de découper.

– Je vais lui donner des boulettes et le renvoyer. Sinon, tes « amis » ne vont pas tarder à débarquer !

Brusquement, il s'est figé sur place, a lâché son couteau et s'est tourné vers moi, les yeux écarquillés.

– Bon sang ! Ça me revient ! J'ai rangé les documents sur Piers Ormond dans l'album-photo de mon mariage ! C'est mon ex-femme qui doit l'avoir ! Elle a emporté tous les albums !

Déçu, j'ai avalé ma salive.

– Et où est votre ex-femme ?

– Pas assez loin, a-t-il grommelé.

Le Baron noir avait englouti presque toutes ses boulettes de viande. J'avais hâte qu'il se décide à reprendre son envol – le plus vite possible.

– Dites-moi où elle habite, j'irai récupérer les papiers qui nous intéressent.

– Tu te souviens du voisin dont je t'ai parlé ? Celui qui tire à balles réelles ?

J'ai acquiescé.

– Elle vit chez lui. De l'autre côté de ces prés, là-bas.

Mon grand-oncle désignait l'endroit de la fenêtre de sa cuisine. Je me suis approché. La lune éclairait vaguement les environs.

– Sa propriété est située derrière ces arbres que tu aperçois à droite, au pied de la colline. C'est la maison à la lumière orange, avec la grande éolienne qui tourne à côté de la citerne. Je ne vois pas sa camionnette.

– Il a dû s'absenter. Je peux m'y rendre en dix minutes, chercher l'album, m'emparer des documents et être de retour ici dans moins d'une demi-heure.

Bartholomé continuait à fixer le paysage, le regard perdu au loin, comme s'il ne m'avait pas entendu.

– Elle m'a donné du fil à retordre, celle-là, avant de s'installer chez mon plus proche voisin. Par la suite, je me suis rendu compte qu'elle avait emporté plein d'objets, dont les albums. Les gens d'ici me prennent pour un vieux cinglé parce que je refuse de recevoir les visiteurs qui se présentent chez moi, mais je n'ai jamais blessé personne. Mon fusil me sert à faire du bruit, c'est tout. Je n'en dirais pas autant de Barney Hellman. Quand il sort son arme, il ne plaisante pas. Mon ex-femme ne pouvait trouver compagnon mieux assorti...

Son visage était devenu tout rouge.

– En plus, il a deux molosses, des rottweilers croisés avec des dingos. La plus méchante paire de quadrupèdes qu'on puisse imaginer. Il a eu le bon goût de les baptiser « Skull » et « Crossbones ». De vraies créatures de l'enfer!

– Je vais quand même tenter ma chance. Je dois absolument récupérer ces papiers.

– C'est trop dangereux, Cal. Pas seulement à cause des chiens. Si jamais Barney te surprend chez lui...

J'ai pris un crayon et un papier.

– Tenez, je note ici mon numéro de portable. Si vous voyez arriver votre voisin, prévenez-moi, je m'enfuirai le plus vite possible.

J'avais prononcé ces mots d'une voix ferme alors qu'intérieurement, je tremblais. Bartholomé a protesté :

– Mais les chiens...

– Les hommes de main d'Oriana de Witt sont plus dangereux, l'ai-je coupé. Surtout faites le plein de munitions, au cas où ils reviendraient.

– J'ai de quoi les tenir à distance pendant plusieurs jours. C'est pour toi que je m'inquiète, Cal. Je ne voudrais pas qu'il t'arrive quoi que ce soit.

Un bruit provenant de l'extérieur l'a interrompu. J'ai dressé l'oreille, espérant qu'il ne s'agisse pas de ce que je redoutais.

Une voiture.

Ils avaient suivi le Baron noir !

Je me suis précipité à la porte et j'ai regardé à travers le verre cathédrale. Il avait beau déformer la vision, j'ai reconnu sans difficulté la Mercedes bleu foncé, tous phares allumés, qui remontait l'allée.

Sans perdre un instant, j'ai passé les courroies de mon sac à dos, déverrouillé la porte de la cuisine et foncé dehors. Si les sbires d'Oriana de Witt pénétraient chez mon grand-oncle, ils ne trouveraient aucune trace de moi. J'ai franchi d'un bond les barbelés de la clôture qui séparait le jardin en friche des prés, et couru au milieu des hautes herbes, mon sac rebondissant à chaque enjambée sur mon épaule tout endolorie.

Ferme de Barney Hellman

21:51

Une fois dans les prés, j'ai ralenti. Je n'avais pas intérêt à me faire repérer. Il était plus prudent de progresser à couvert, en longeant les haies de buissons et d'arbustes. J'avais presque atteint les arbres que mon grand-oncle avait désignés depuis la fenêtre de la cuisine.

Les poils de ma nuque se sont hérissés quand les chiens se sont mis à aboyer et à hurler. Ils avaient senti mon odeur ! Je me suis figé sur place. Si quelqu'un se trouvait dans la maison, il était prévenu de ma visite. J'ai eu un moment d'hésitation. Les hurlements sauvages des deux molosses et leurs aboiements féroces me glaçaient le sang.

Je me suis rapproché de la ferme. Les aboiements ont redoublé de violence. À mon vif soulagement, j'ai constaté qu'une haute clôture entourait la propriété.

Deux grands chiens, l'un jaune comme les dingos, l'autre noir comme les rottweilers, se jetaient contre le grillage. Même à distance, dans l'obscurité, je distinguais leurs crocs blancs étincelants. Leur raffut n'a attiré personne. Ni l'ex-femme de Bartholomé ni Barney Hellman n'étaient donc chez eux.

Il me fallait à tout prix éviter les chiens pour entrer. J'ai jeté un coup d'œil vers Kilkenny. La maison où mon grand-oncle était barricadé n'était plus qu'une vague forme sombre, au-delà des prés. Je me suis demandé comment Bartholomé se débrouillait, avec son fusil et ses réserves de munitions, mais les aboiements m'ont vite ramené dans le feu de l'action.

« Ne te presse pas, observe, avait coutume de dire mon père lorsque nous allions à la pêche. Au bout d'un moment, tu repéreras les cachettes des poissons. Tu détecteras les courants, l'emplacement des tourbillons tièdes, et tu apercevras les petits poissons, ceux qui attirent les gros. Quand on ne bouge pas, les événements se produisent souvent d'eux-mêmes. »

À l'époque, je n'écoutais ses conseils que d'une oreille, pensant « Oui, oui, c'est ça, t'as raison, p'pa. » Désormais, je saisissais le sens de ses paroles. J'ai suivi ses recommandations et observé les alentours. Je me suis rendu compte que les arbres m'offriraient le moyen de pénétrer dans la maison de bois. Un gros chêne, aux feuilles déjà sèches et racornies, poussait suffisamment près du grillage pour que je puisse y grimper. Ensuite, je n'aurais plus qu'à sauter de branche en branche, hors de portée des deux molosses déchaînés.

Je me suis relevé. J'ai pris une profonde inspiration puis je me suis jeté contre la clôture pour l'escalader.

Les monstres enragés ont bondi, faisant claquer leurs mâchoires à quelques millimètres de mes membres tandis que j'atteignais le sommet. J'ai agrippé la branche la plus proche. L'espace d'un instant, j'ai eu peur qu'elle ne cède sous mon poids et me précipite dans la gueule des deux chiens qui ne feraient de moi qu'une bouchée. Mais elle a tenu bon. Suspendu par les bras comme un singe, j'ai progressé jusqu'au tronc. Une fois là, je me suis hissé avec soulagement sur la fourche centrale.

Elle n'était pas assez haute ! En sautant, le chien jaune a refermé ses puissantes mâchoires autour de ma basket et commencé à la secouer pour me faire tomber. Même le lion du zoo n'avait pas manifesté une telle férocité. Je me suis cramponné au tronc des deux bras tandis que les cerbères s'acharnaient pour m'en déloger. Je sentais les crocs de mon attaquant s'enfoncer profondément dans ma basket.

J'ai risqué un regard vers lui. Juste à l'instant où il allait raffermir sa prise, je lui ai donné un coup de pied de toutes mes forces. Il m'a lâché une seconde. J'ai saisi ma chance : je me suis littéralement envolé vers le sommet du chêne et j'ai réussi à agripper les branches de l'arbre voisin, plus petit, qui s'entremêlaient aux siennes.

Pendant ce temps, furieux que je leur aie échappé, les deux monstres hurlaient et bondissaient de plus belle. Leurs babines écumantes projetaient autour d'eux des filets de bave, et leurs griffes entaillaient rageusement l'écorce des troncs.

Je n'avais pas le loisir de les contempler. Il me fallait à présent atteindre la véranda du premier étage. Sans trop réfléchir, je me suis propulsé dans les airs.

22:06

J'avais réussi ! Accroché par les mains à la rambarde, j'ai calé mes pieds sur la gouttière qui contournait la maison et, après un rétablissement en souplesse, je me suis retrouvé en sécurité, à l'abri des cerbères. J'espérais que Barney Hellman et sa compagne resteraient absents suffisamment longtemps pour me permettre de trouver l'album.

Une porte-fenêtre donnait sur la véranda. Elle était fermée mais, en la poussant vigoureusement, j'ai réussi à ébranler ses battants. Étant donné le vacarme causé par les chiens et la possibilité de voir débarquer à tout instant le propriétaire des lieux – un fou de la gâchette –, je me fichais pas mal d'occasionner de légers dégâts. Au troisième coup de pied, la porte s'est ouverte en grand et je suis tombé à quatre pattes sur le plancher d'une chambre à coucher.

J'ai effectué une fouille rapide des tiroirs et des placards. Sans succès. Je me suis précipité dans la pièce voisine, qui servait de bureau, mais n'y ai découvert que d'anciens registres de comptes, des ouvrages sur l'agriculture et quelques romans. L'angoisse a commencé à me gagner.

J'ai dévalé l'escalier jusqu'au rez-de-chaussée et débouché dans un vaste living-room. Là, sur une table basse, près d'une fenêtre, s'élevait une pile d'albums-photo. Je me suis jeté dessus.

Le premier était rempli de vieux clichés pris à Kilkenny. On y voyait Bartholomé avec une belle femme aux cheveux sombres que je n'avais jamais rencontrée, sans doute son ex-épouse. Sur chaque cliché, le visage de mon grand-oncle avait été noirci ou gribouillé à grands traits de crayons agressifs !

J'allais parcourir le second album quand la sonnerie de mon portable m'a fait sursauter. D'un coup sec, j'ai ouvert l'appareil.

– Allô ?

– Cal, la camionnette de Barney vient de s'engager sur la route, a articulé difficilement Bartholomé. Tu as une minute pour filer avant son arrivée.

Il avait la voix tendue, rauque, essoufflée.

– Qu'y a-t-il ? Ça ne va pas ? me suis-je alarmé.

– Ne t'inquiète pas. C'est mon cœur. Toute cette excitation ne lui vaut rien.

J'ai alors entendu un bruit mat, comme s'il avait laissé tomber le téléphone. Il a gémi.

– Bartholomé ! Répondez-moi ! Dites quelque chose !

Silence.

J'ai glissé mon portable dans ma poche et attrapé l'album suivant pour le secouer et feuilleter ses pages. Je devais me sauver de toute urgence. Bartholomé avait un problème et Barney Hellman serait là d'une minute à l'autre.

Je renversais le troisième album quand une grosse enveloppe, telle que mon grand-oncle l'avait décrite, a chuté sur le sol. Je l'ai calée à l'intérieur de mon jean puis j'ai foncé à l'étage, traversé la chambre en courant et franchi la porte-fenêtre béante.

En bas, les chiens se sont remis à aboyer comme des malades ! De la rambarde de la véranda, j'ai sauté dans l'arbre. J'ai pensé que, quand toutes ces épreuves seraient terminées, je pourrais me faire engager dans un cirque comme acrobate. Si je survivais...

Les crocs découverts, la gueule blanche de bave, les oreilles couchées en arrière, les molosses se sont déchaînés de plus belle. Mais peu m'importait : j'étais gonflé à bloc... et terriblement angoissé pour Bartholomé.

Le cœur battant à tout rompre, les paumes moites, j'ai agrippé des poignées de feuilles sans me soucier des brindilles qui me griffaient le visage et les mains. Je n'avais qu'une préoccupation : rester suffisamment en hauteur pour échapper aux mâchoires écumantes des monstres.

La camionnette de Barney Hellman se rapprochait dangereusement. Je me suis jeté vers l'extrémité de l'arbre et penché au maximum pour attraper les branches du chêne qui m'avait servi à pénétrer dans la propriété. Depuis qu'ils avaient reconnu le vrombissement du véhicule de leur maître, les chiens semblaient galvanisés.

L'un des monstres, le jaune, m'a bondi au visage, son museau manquant me toucher. Terrorisé, j'ai perdu l'équilibre et chuté lourdement sur le sol à deux pas de l'éolienne. J'ai aussitôt roulé sur moi-même et mon élan m'a permis d'atteindre la partie la plus basse de la structure. Mais les deux créatures infernales étaient à mes trousses, gueule béante, prêtes à refermer leurs crocs sur moi.

En un clin d'œil, je me suis retrouvé suspendu à l'éolienne, avec un chien cramponné à chaque jambe de mon jean !

L'une d'elles s'est déchirée sous le genou. Le chien jaune est retombé. En l'absence de son acolyte, l'autre a resserré davantage l'étau de ses mâchoires pour m'empêcher de fuir. Quelques secondes plus tard, tous deux me tenaient à nouveau fermement par les jambes de mon pantalon.

J'avais un mal fou à me retenir à la ferraille qui cisaillait mes doigts. Déjà, la camionnette s'arrêtait à la grille. J'ai entendu les vantaux s'ouvrir en grinçant.

Peu à peu, le poids des chiens tirait mon corps vers le bas. J'avais l'impression que mes bras allaient s'arracher. Malgré toute l'énergie que je puisais en moi pour tenir bon, je sentais mes forces m'abandonner. Je n'allais pas tarder à lâcher prise. Barney Hellman n'aurait plus qu'à ramasser par terre les morceaux de moi que voudraient bien lui laisser ses deux fidèles compagnons.

Ankylosés, mes doigts glissaient quand un miracle s'est produit. Quelqu'un a sifflé et les horribles molosses ont pris la fuite !

Je suis tombé dans l'herbe. J'ai escaladé tant bien que mal le grillage. Un rapide coup d'œil en arrière m'a suffi pour comprendre ce qui s'était passé. Barney Hellman venait de descendre de sa camionnette et il avait appelé ses chiens.

Tête baissée, j'ai décampé à fond de train.

22:23

J'avais presque regagné la propriété de mon grand-oncle quand un coup de feu a éclaté. Barney Hellman me tirait dessus ! J'ai plongé au sol et rampé, le cœur battant, les jambes en coton. Je ressentais le contrecoup de ma course folle, mais aussi de ma frayeur.

Je me suis faufilé entre les barbelés de la clôture. À l'instant où j'allais me redresser, je me suis figé : juste devant moi, la Mercedes bleu foncé était garée sur le côté de la maison de Bartholomé ! Je distinguais, à l'intérieur du véhicule, ses occupants en grande conversation. Sumo, un bras en écharpe – probablement la conséquence de sa blessure par balle du mois dernier –, paraissait se disputer avec Kevin, le type à la larme tatouée, assis à la place du conducteur. Ils devaient s'interroger sur l'origine du coup de feu.

Je me suis faufilé à quatre pattes vers la porte de la cuisine que j'ai ouverte et refermée avec précaution. Ensuite, je l'ai verrouillée et bloquée avec la lourde table. Je devais vérifier comment allait mon grand-oncle, mais il fallait d'abord sécuriser la maison pour nous protéger tous deux.

Une fois la porte de derrière rendue infranchissable, je me suis frayé un chemin entre les boîtes et les piles de livres et de magazines d'aviation jusqu'à l'entrée. J'ai vérifié que les trois verrous étaient bien enclenchés, puis calé un portemanteau entre le battant et le mur.

Je me suis écroulé par terre, le temps de reprendre mon souffle. L'effort supplémentaire que je venais de fournir m'avait complètement épuisé. Mes doigts écorchés, profondément entaillés par la structure métallique de l'éolienne, saignaient. Je n'avais pas le temps de m'en préoccuper. De nouveau sur pied, j'ai gravi l'escalier quatre à quatre.

– Bartholomé ! ai-je hurlé.

22:34

Pas de réponse. Parvenu sur le palier, j'ai stoppé net et tendu l'oreille. Il régnait un calme anormal dans la maison.

– Bartholomé ? ai-je répété.

MAI

D'un coup de pied, j'ai ouvert chaque porte du premier étage. Il s'était passé quelque chose, quelque chose de grave, je le sentais.

En découvrant mon grand-oncle par terre, immobile à côté de son télescope, j'ai craint le pire et couru vers lui.

– Bartholomé ! Que vous est-il arrivé ? ai-je crié en m'agenouillant près de son corps inerte.

Il respirait faiblement. Je lui ai doucement relevé la tête puis attrapé les épaules pour le caler contre un tas de vieux blousons d'aviateur en cuir. Il a cligné des yeux.

– C'est mon cœur... Est-ce que tu as... trouvé les documents du notaire ? a-t-il demandé d'une voix lente et sourde.

– Oui.

– Lis... la lettre, a-t-il soufflé.

– Non, mon oncle. Vous avez besoin d'être hospitalisé. Je vais alerter les secours.

J'étais terrifié. Pour la première fois depuis le début de l'année, j'avais rencontré un membre de ma famille qui, non seulement avait une totale confiance en moi, mais voulait à tout prix m'aider. Et voilà qu'il risquait de mourir. Je ne me souciais plus du danger que je courais. Je ne songeais qu'à le sauver.

– J'appelle une ambulance, d'accord ?

– Trop tard. C'est inutile... Cal.

– Non, ne dites pas une chose pareille, ai-je protesté, les larmes aux yeux.

Le visage d'une lividité cadavérique, mon grand-oncle faisait des efforts démesurés pour soulever la tête.

– Qu'est-ce que… ce bruit… en bas ? a-t-il murmuré d'une voix rauque. Où est… mon fusil ?

– Soyez raisonnable. Ne bougez surtout pas, ai-je répliqué en pensant que je devrais aller chercher son arme.

Il avait raison, c'était trop tard. J'ai perçu du bruit au rez-de-chaussée. Les hommes de main d'Oriana de Witt essayaient de défoncer la porte d'entrée.

– Ce sont mes poursuivants, ai-je expliqué en plongeant mon regard dans les yeux inquiets du vieil homme. Ils sont ici. Ils veulent s'introduire dans la maison !

– Ouvre l'enveloppe. Lis… la lettre.

– Mais vous…

– Fais ce que je te dis !

J'ai décacheté l'enveloppe et sorti la lettre qu'elle contenait. Elle portait l'en-tête de l'étude des notaires Tweed, Makepeace & Associés. Je l'ai survolée rapidement. J'en ai lu assez pour comprendre que le testament de Piers Ormond n'était plus en leur possession. Ils l'avaient transféré chez le notaire de la famille Ormond, comme l'attestait la photocopie du reçu correspondant.

Malheureusement, la signature était illisible. Impossible de déterminer qui avait récupéré le testament !

En bas, les coups contre la porte d'entrée redoublaient. J'ai entendu le bois du battant se fendre, le verre cathédrale voler en éclats. Dans quelques minutes, Sumo et Kevin seraient là ! Mon grand-oncle et moi n'étions pas de taille à lutter contre eux.

À cet instant, Bartholomé a été secoué par une épouvantable quinte de toux provenant des profondeurs de sa gorge. J'ai abandonné la lettre et tenté de le redresser afin qu'il puisse respirer plus librement.

Une étrange odeur montait à présent du rez-de-chaussée. J'ai reniflé l'air.

De la fumée !

Sumo et Kevin avaient-ils mis le feu à la maison pour me contraindre à sortir ?

J'ai couru sur le palier. De fines volutes commençaient à s'élever. Je ne voyais de flammes nulle part, en revanche la fumée s'épaississait à vue d'œil.

Un nuage noir a soudain envahi la cage de l'escalier et j'ai cru distinguer un crépitement.

Je me suis précipité auprès de Bartholomé.

– Vite ! Il faut sortir tout de suite ! La maison brûle !

Mais le vieil homme avait fermé les yeux et sa respiration était saccadée. Il paraissait si fragile, si âgé et si... immobile. La peau de son visage, pâle et tendue sur ses pommettes, ressemblait à du parchemin.

Au prix d'un immense effort, il a ouvert les yeux et articulé péniblement :

– As-tu trouvé le nom... le nom du notaire... qui possède le testament... de Piers Ormond ?

– Plus tard. Il faut fuir. La maison brûle ! Je dois vous emmener à l'hôpital !

J'ai couru sur le palier.

Horrifié, j'ai constaté que le hall d'entrée s'était déjà embrasé. L'incendie gagnait le salon. Notre seule chance de survie consistait à emprunter l'escalier avant qu'il ne soit, à son tour, dévoré par les flammes.

22:56

– On raconte qu'à l'approche de la mort, on voit toute sa vie défiler devant ses yeux, a murmuré Bartholomé quand je suis retourné à ses côtés, cherchant le meilleur moyen de le déplacer.

Il a ajouté :

– Il ne me reste plus beaucoup de temps. J'entends déjà le pilote en chef qui m'appelle.

Au fil des jours passés auprès de mon grand-oncle, nous étions devenus très proches. Il croyait à mon histoire, il voulait m'apporter son soutien. Je refusais de penser que j'allais le perdre.

– Ne dites pas ça ! me suis-je écrié. Venez ! Vous n'aurez qu'à vous appuyer sur moi pour descendre l'escalier. Tout ira bien !

Lorsqu'il m'a répondu, j'ai dû coller mon oreille contre ses lèvres pour distinguer ses paroles.

– Tu dois te sauver, Cal. Mais... avant que tu partes, je... je veux te... t'avouer quelque chose. L'article... sur l'enlèvement des... bébés... L'un des deux... l'un des deux... c'était... toi... Va-t'en, maintenant. Pars. Je t'en prie. Je n'ai pas... le temps de... tout raconter... Je me rappelle le... nom du... notaire... Trop dur... Trop dur de parler... Un jeune homme de Mount Helicon.

Il a avalé sa salive avant de conclure :

– Allez... maintenant... file. Laisse-moi.

Le rugissement des flammes se rapprochait. Des braises incandescentes se sont mises à tourbillonner autour de nous.

– Pas question de vous abandonner ! ai-je protesté.

– Je m'en vais, a haleté le vieil homme. Il ne me reste... qu'un souffle de vie. Je ne veux pas... le gaspiller en... me disputant avec toi. Prends l'Orque. S'il te plaît. Il décollera, je crois.

– L'Orque ?

Je redoutais ce qui allait suivre.

– Un seul manche... La manette des gaz.

La fumée s'épaississait. Elle envahissait le palier de l'étage. La chaleur augmentait dans la pièce.

– N'utilise pas les fusées... jamais testées... peut-être trop violent pour les... limites de l'avion. Vole jusqu'à... l'aérodrome... Dimityville. Soixante-dix kilomètres... Plein nord.

Il m'a saisi le bras.

– Vas-y... avant qu'il ne soit... trop tard.

J'ai glissé mes mains sous ses épaules pour le redresser.

– Non ! a-t-il gémi avant de se mettre à tousser et à suffoquer. N'oublie pas... le nom du notaire. Tu dois t'en souvenir. C'est lui... qui a le... testament de Piers Ormond.

Il a murmuré un nom plusieurs fois, en insistant pour que je le répète. J'ai obéi mécaniquement, cependant j'avais du mal à me concentrer. La fumée toxique qui s'infiltrait dans ma gorge et mes poumons commençait à m'asphyxier.

Je me suis précipité à nouveau jusqu'au palier. Les flammes léchaient à présent le plancher du salon. L'aile d'avion qui servait de table brûlait, tandis que les rideaux s'embrasaient à leur tour. D'une minute à l'autre, l'escalier prendrait feu et l'incendie se propagerait à l'étage. À chaque instant, la chaleur s'intensifiait, la fumée se faisait plus noire, plus étouffante. Je suis retourné auprès de mon grand-oncle.

– Bartholomé ! ai-je crié, en m'apprêtant à le traîner par les épaules. On y va !

– Non ! a-t-il gémi en me serrant la main de toutes ses forces.

J'ai baissé les yeux : il venait de me glisser les clés du cockpit de l'Orque dans la paume.

– Je t'en prie... trop tard... pour moi, a-t-il murmuré. Au revoir, Cal... Tom aurait... été... si fier de... son fils... Bonne chance... Bon voyage...

Et sur ces mots, il est retombé en arrière.

23:05

Il m'a fallu quelques secondes avant de réaliser que mon grand-oncle était mort. Sa poitrine ne se soulevait plus. Il était calme, immobile. Son visage avait changé, comme celui de mon père au moment de sa mort. J'avais alors pensé qu'il n'habitait plus son corps.

Le phénomène se reproduisait avec Bartholomé. Ses traits restaient exactement les mêmes, mais l'aviateur excentrique qui les avait animés s'était définitivement envolé.

J'ai refermé la main sur les clés du cockpit qu'il m'avait confiées, et essuyé mes joues baignées de larmes.

– Bon voyage à vous aussi, Bartholomé, ai-je chuchoté.

23:08

Je me suis relevé d'un bond, emparé d'un des vieux blousons d'aviateur en cuir, puis d'un autre pour me protéger, et, jetant mon sac sur l'épaule, je me suis précipité vers l'escalier.

L'Orque Ormond n'avait jamais volé. C'était à moi de jouer les pilotes d'essai. Et si Bartholomé s'était trompé ? Si l'appareil explosait au moment où je mettais les gaz ? De toute façon, je devais commencer par sortir d'ici !

La chaleur dégagée par l'incendie m'a épouvanté. Kilkenny s'était transformé en piège mortel. J'ai dévalé les marches à travers un nuage opaque, me baissant pour éviter les braises qui jaillissaient autour de moi, sautant par-dessus les flammes qui couraient sur le plancher, contournant des obstacles que je distinguais à peine.

Le grondement du brasier était absolument terrifiant. J'avais l'impression que toute la maison tremblait.

J'ai poursuivi mon chemin à genoux – je respirais mieux près du sol –, et réussi à atteindre la cuisine qui, jusqu'ici, avait été relativement épargnée par les flammes.

Là je me suis arrêté, hésitant. J'ignorais où se trouvaient Sumo et Kevin. Peut-être l'un d'eux m'attendait-il de ce côté ?

La fumée m'a de nouveau enveloppé. Si je ne sortais pas immédiatement, je mourrais asphyxié. La table en flammes me barrait la route. Je l'ai écartée à coups de pied avant d'ouvrir la porte. Une explosion a retenti derrière moi. Je venais de provoquer un appel d'air qui avait attisé le feu. Il redoublait de vigueur, un véritable monstre jailli de l'enfer ! J'ai filé droit vers le hangar.

Un bruit de verre brisé accompagné d'un hurlement à glacer le sang m'a fait sursauter. En me retournant, j'ai aperçu Kevin se rouler par terre. Les fenêtres de la façade avaient éclaté sous l'effet de la chaleur, le projetant, avec les vitres en miettes, dans le jardin. Blessé par des bris de verre, il saignait abondamment. Je ne voyais pas Sumo, mais je l'ai entendu lâcher une bordée de jurons.

Kevin s'est remis debout avec peine. Une large entaille lui barrait le front. Malgré le sang qui lui coulait dans les yeux, il m'a repéré.

– Il est là ! Ne le laisse pas s'échapper ! a-t-il crié à son complice.

Sumo a surgi au moment où je tirais la porte du hangar. Je l'ai claquée derrière moi et verrouillée. Les doigts crispés autour des clés de l'Orque Ormond, j'ai grimpé sur l'aile de l'avion, ouvert la verrière, lancé mon sac dans le cockpit et me suis installé sur le siège du pilote.

Jamais je n'avais manœuvré un tel appareil, mais c'était ma seule chance de m'échapper. Hésiter davantage donnerait à Kevin et Sumo le temps de contourner le hangar, de se jeter sur l'Orque et de m'en arracher sans ménagement pour me livrer à Oriana de Witt.

J'ai parcouru des yeux les commandes, enregistrant tous les détails. Je reconnaissais certaines d'entre elles : jauge de carburant, anémomètre, horizon artificiel... mais mon expérience de pilote se limitait à un Cessna 172, et mon père avait toujours été présent à mes côtés.

La manette des gaz dont m'avait parlé mon grand-oncle se trouvait en tête d'une rangée d'interrupteurs. L'un activait la batterie ; je l'ai allumé. J'ai procédé de même avec les suivants qui commandaient les instruments de bord.

Un bouton marqué RATO m'a rappelé l'avertissement de Bartholomé au sujet du décollage assisté par réaction. Je ne devais pas le déclencher.

J'ai mis le contact, le réacteur a vrombi. Dehors, Sumo et Kevin tambourinaient contre la porte du hangar. Ils n'avaient pas réalisé que, de l'autre côté, il y en avait une seconde, grande ouverte !

Je l'ai franchie en roulant lentement. L'appareil a rebondi sur le sol inégal de l'enclos.

Je me suis retourné : Sumo et Kevin se ruaient vers la Mercedes.

– Accélère ! ai-je grommelé.

J'ai poussé les gaz. Décoller allait me prendre un temps fou.

La Mercedes arrivait déjà derrière moi dans un nuage de poussière. Elle gagnait rapidement du terrain.

– Grouille-toi ! ai-je supplié tandis que l'Orque prenait de la vitesse.

Le vent me sifflait au visage. J'avais oublié de fermer la verrière !

Impossible de m'en occuper pour l'instant : la Mercedes rattrapait l'avion, elle était presque à ma hauteur ! L'un des deux hommes pourrait facilement m'arracher de mon siège en sautant sur l'aile.

La voiture s'est mise à longer l'Orque. Sumo s'était agenouillé sur le siège passager et sortait à moitié du véhicule. Il agitait vers moi ses bras musclés.

Au même instant, de l'autre côté, un objet volant est apparu à la périphérie de mon champ de vision. J'ai légèrement tourné la tête : le Baron noir me suivait, tel un ange gardien. Soudain, il a viré sur le côté et disparu.

J'ai reporté mon attention sur la Mercedes, juste à temps pour voir que Sumo s'en était extirpé et qu'il agrippait le bord de l'aile. Quand il s'est hissé dessus, son poids a fait basculer l'appareil et l'a ralenti.

L'avion n'avait toujours pas atteint la vitesse suffisante pour décoller. Je devais absolument me débarrasser de mon attaquant qui se rapprochait de moi, le visage tordu par un rictus menaçant !

Je n'avais plus qu'une solution, même si elle allait à l'encontre des avertissements de mon grand-oncle...

Juste à la seconde où l'énorme main du gangster allait m'attraper, je me suis écarté pour fermer la verrière d'un coup sec. Collé au pare-brise comme un insecte géant, Sumo s'est mis à le bombarder de coups avec son poing libre.

J'ai respiré à fond, poussé au maximum les gaz et pressé le bouton RATO.

Brusquement, l'Orque a bondi en avant à une vitesse prodigieuse et décollé en deux secondes ! Une expression d'horreur s'est peinte sur le visage de Sumo à l'instant où il s'est senti arraché de l'appareil.

Cloué sur mon siège, j'étais catapulté vers le ciel !

Lorsque j'ai rentré le train d'atterrissage, j'ai noté que la vitesse conseillée pour le ressortir à l'arrivée tournait autour de 150 km/h.

Sous la poussée du propulseur, l'Orque Ormond montait en flèche, exactement comme le taux d'adrénaline dans mon sang. La puissance et la portance de l'avion étaient incroyables ! Je redoutais qu'il n'explose.

Cependant, sa structure tenait bon. Il poursuivait son ascension selon un angle dément ! Impressionnant ! Quel avion génial !

– Au revoir, Bartholomé, ai-je murmuré entre mes dents. Faites un beau voyage. Je ne vous oublierai jamais.

23:39

En vérifiant les cadrans de contrôle, je me suis aperçu, incrédule, que je dépassais déjà les 5 000 pieds, soit plus de 1 500 mètres d'altitude ! L'Orque fendait le ciel comme un ange pressé de monter au paradis.

Le vrombissement du moteur à plein régime m'assourdissait. L'avion s'élevait toujours. Il a atteint 7 000 pieds sans effort, puis 8 000, 9 000, en moins d'une minute.

Sous mes yeux, le monde s'est remis d'aplomb dès que le système RATO s'est coupé. J'ai alors stabilisé l'appareil et adopté une vitesse de croisière de 300 nœuds, environ 555 km/h. 10 000 pieds plus bas, Kilkenny flambait.

23:41

Une fois de plus, j'avais échappé aux hommes de main d'Oriana de Witt.

Mais à quel prix ?

J'ai senti les larmes me piquer les yeux en repensant à mon grand-oncle Bartholomé, sans vie, au milieu des flammes.

L'incendie avait détruit sa maison, son travail, ses trésors, ses livres, ses revues... Il avait dévoré son existence tout entière. Le vieil homme était mort alors que je commençais à peine à le connaître. Il n'avait pas eu le cœur assez solide pour supporter le stress que je lui avais fait endurer. J'étais persuadé qu'il serait toujours en vie si ces deux brutes n'étaient pas venues nous terroriser jusqu'à Kilkenny... ou si je n'y étais pas venu moi-même.

J'ai aussi pensé au pauvre Baron noir, seul et sans abri. Un jour, me suis-je alors promis, je reviendrais à Kilkenny – à ce qu'il en resterait, du moins – pour m'assurer que quelqu'un prenait soin de l'oiseau.

Je me suis efforcé de me concentrer sur le pilotage de l'Orque afin de chasser ces tristes pensées. « Vole jusqu'à l'aérodrome de Dimityville », m'avait conseillé Bartholomé. Je n'avais pas de carte, mais, plein nord, j'apercevais les lumières clignotantes d'une petite agglomération. J'ai réglé la radio pour capter la météo. Pour mon premier vol de nuit, j'avais de la chance : les conditions en altitude étaient excellentes. La pleine lune brillait tel un phare céleste.

MAI

23:45

Je tournais et retournais dans ma tête les informations recueillies auprès de Bartholomé. La voie conduisant à l'incroyable secret de mon père était parsemée de plus de pièges et d'embûches que je ne me l'étais imaginé. Mais pour l'instant, ma priorité était de rejoindre Dimityville sain et sauf. Ensuite, je contacterais Boris et me mettrais en quête du Joyau Ormond, qui, avec l'Énigme, constituaient un code à double clé.

Dans le noir, la tristesse m'a de nouveau submergé. Je me suis revu aux commandes d'un autre avion, en compagnie de mon père, plus d'un an auparavant. Soudain, une peur panique s'est emparée de moi. Jamais je n'avais volé en solo, de surcroît la nuit. Et jamais, non plus, je n'avais piloté un tel engin.

Maintenir un avion en l'air n'a rien de très difficile; le poser en toute sécurité est beaucoup plus compliqué. J'avais atterri deux ou trois fois avec un Cessna, cependant je n'étais pas seul. Mon père s'était toujours trouvé là, prêt à intervenir en cas de besoin. Je n'avais aucune idée de la façon dont l'Orque se comporterait en approche finale... J'effectuais bel et bien le premier vol d'essai d'un avion expérimental. Pour commencer, il me fallait sortir le train d'atterrissage.

Tandis que je cherchais le bouton de commande, un voyant rouge s'est allumé sur le tableau de bord, à côté de la jauge de carburant. Le réservoir était presque vide !

Ma panique est montée d'un cran.

« Je dois simplement me poser », me suis-je répété plusieurs fois pour me ressaisir, tout comme l'auraient fait, à ma place, mon père ou mon grand-oncle.

J'ai visé l'agglomération en contrebas et entamé ma descente. J'ai constaté avec soulagement qu'il s'agissait bien de Dimityville. Ce nom se détachait en énormes lettres lumineuses sur le toit d'un entrepôt.

J'aurais peut-être assez de carburant jusqu'à l'atterrissage. Peut-être...

Alors que la piste largement éclairée de Dimityville se rapprochait à vue d'œil, mon cœur a manqué un battement. Des voitures de police, gyrophares rouges et bleus allumés, m'attendaient ! Un comité d'accueil avait été organisé pour mon atterrissage. Qui donc avait averti la police ? Kevin et Sumo ?

J'ai survolé un nuage bas qui, je l'espérais, me cacherait aux yeux du groupe réuni au sol. J'arriverais vite à l'autre extrémité. Mais je me suis soudain retrouvé prisonnier de la matière cotonneuse : elle me bouchait complètement l'horizon.

À droite, à gauche, devant, derrière, au-dessus, en dessous, je ne distinguais plus rien. J'éprouvais la sensation de manquer d'air. La panique m'empêchait de respirer. Je n'avais jamais été réellement formé aux procédures de vol avec instruments. Je n'avais pratiqué que le vol à vue. Or désormais, j'avais perdu tout contact visuel avec ma position. J'étais fichu !

Désorienté par l'obscurité totale, j'ai étudié les cadrans du tableau de bord. L'horizon artificiel s'était incliné, pourtant j'avais l'impression de voler droit. J'ai tenté de corriger mon altitude, mais mon instinct me soufflait que l'altimètre se trompait. Mon père m'avait parlé d'un test que l'on faisait passer aux pilotes expérimentés dans un simulateur : on leur demandait de voler sans instruments, avec une visibilité nulle. Tous, sans exception, partaient en vrille et le résultat se résumait en trois mots : crash, incendie, mort.

Je me suis mis à transpirer abondamment. J'entendais encore mon père me conseiller : « Si tu es pris dans un nuage, ne te fie pas à ton instinct, fie-toi aux instruments. Même défectueux, ils représentent ton meilleur espoir de survie. »

J'ai corrigé l'inclinaison de l'appareil en fonction de ce qu'affichait l'horizon artificiel. Et tout à coup, j'ai aperçu, avec un soulagement énorme, une brèche dans le nuage.

J'en suis sorti. L'altimètre m'indiquait que je volais à 1 000 pieds – soit 300 mètres. Au sol, l'aérodrome de Dimityville grouillait de policiers !

En un éclair, j'ai pris ma décision. Plus loin, au-delà de la piste, j'apercevais une forêt, un lac et un terrain de football illuminé par des projecteurs. Il me fallait distancer la police coûte que coûte.

Mais d'abord, je devais faire un atterrissage forcé et y survivre !

J'ai réduit les gaz et baissé le nez de l'Orque. L'avion volait maintenant à environ 150 km/h. C'était la vitesse conseillée pour sortir le train d'atterrissage ! Je me suis exécuté ; il s'est déployé avec un bruit sourd sous le fuselage, ralentissant encore l'appareil. J'ai orienté l'avion vers la piste et braqué les volets deux crans plus bas.

Jusque-là, tout se passait bien.

Les policiers devaient se frotter les mains, s'attendant à me voir atterrir d'une minute à l'autre. Moi, j'espérais seulement réussir à réaliser mon plan.

Descendu à 500 pieds, l'avion de Bartholomé volait à une vitesse d'environ 85 nœuds, comme s'il était sur le point de se poser quand, brusquement, j'ai remis les gaz et redressé son nez. Dans un rugissement de moteur, il a jailli telle une flèche vers le ciel et viré au-dessus de la tête des policiers médusés.

Poussant un cri de triomphe, je suis remonté à 2 000 pieds et j'ai pris sans attendre la direction de l'endroit où je comptais réellement atterrir. À l'abri de la police.

Sur la piste de Dimityville, après un instant de stupéfaction, les membres de mon comité d'accueil se sont rués vers leurs voitures.

Les nuages, éclairés par la lune, étaient plus bas à présent, et je volais entre d'épaisses volutes crémeuses qui protégeaient ma fuite en me dissimulant à mes poursuivants.

J'ai tiré brusquement sur le manche pour perdre de l'altitude. Le rugissement du moteur s'est alors mué en gémissement, un son qui ne pouvait signifier qu'une chose : la panne sèche. Je n'ai pas pu m'empêcher de frissonner...

Je me suis dépêché de tirer à nouveau sur le manche. Je devais me concentrer sur l'atterrissage si je voulais y survivre.

J'étais désormais obligé de voler sans moteur, de planer. Mais j'étais animé d'une volonté farouche : je poserais l'Orque Ormond quoi qu'il arrive ! Et je m'en sortirais !

Je ne pouvais pas tout perdre maintenant. Je me trouvais trop près du but. Il était hors de question que je trahisse la confiance de mes amis, de mon père et de Bartholomé. Abandonner la lutte était impensable.

23:52

Une épaisse forêt s'étendait sous mes yeux. J'ai baissé le nez de l'Orque et visé le terrain de football. J'ai maintenu l'avion à la vitesse de 150 nœuds, braqué les volets.

Je descendais vers le sommet des arbres, 200 pieds, puis 100. J'approchais d'une clôture grillagée. Le paysage défilait à toute allure. Ma vitesse était beaucoup trop élevée !

Il était temps d'atterrir. Prêt à subir un choc brutal, je me suis raidi, retenant ma respiration.

Je venais à peine de dépasser la clôture quand l'Orque a heurté le sol violemment. L'appareil a rebondi deux fois ; à la troisième, le train avant s'est planté dans la terre, l'a labourée avant d'être arraché. L'avion s'est mis à glisser en biais.

Le lac ! Je fonçais droit dedans !

Au quatrième rebond, l'Orque Ormond a fait un tonneau et s'est écrasée sur une aile, selon une inclinaison bizarre.

Le harnais m'avait retenu sur mon siège, en revanche ma tête était ballottée dans tous les sens. J'ai hurlé au moment du choc final.

Le temps a semblé s'arrêter. Puis le monde a commencé à basculer. J'allais perdre connaissance.

Brusquement, une odeur de fumée a envahi le cockpit, me tirant de ma torpeur. Pris de panique, j'ai tenté de me libérer de mon harnais.

En vain. La boucle s'était tordue lors du crash et refusait de s'ouvrir.

Crash, incendie, mort.

Crash, incendie, mort.

Ces trois mots tourbillonnaient dans ma tête comme une incantation maléfique. La fumée m'aveuglait. Elle me brûlait la gorge. Il fallait à tout prix que je sorte. En admettant que l'explosion ne me tue pas, la fumée s'en chargerait en m'asphyxiant. Je suffoquais.

J'ai tâtonné avec mes doigts sur le plancher du cockpit : je me rappelais y avoir vu le couteau de poche de Bartholomé, la première fois que j'étais monté dans l'Orque.

J'ai fini par rencontrer le métal froid du manche. Je l'ai saisi et, faisant jaillir la lame, j'ai cisaillé la toile du harnais. J'étais libre.

Il ne me restait qu'à actionner le levier qui commandait l'ouverture de la verrière...

Mes yeux ne distinguaient plus rien, mes mains ont rencontré le vide !

J'étais pris au piège. La fumée et la chaleur devenaient insupportables !

Que contient le testament de Piers Ormond ?

Que sait la grand-tante Emily ?

Où est le frère jumeau de Cal ?

La réponse en librairie
dès le 12 mai dans

CONSPIRATION 365

JUIN

L'auteur

Née à Sydney, Gabrielle Lord est l'auteur de thrillers la plus connue d'Australie. Titulaire d'une maîtrise de littérature anglaise, elle a animé des ateliers d'écriture. Sa quinzaine de romans pour adultes connaît un large succès international.
Dans chaque intrigue policière, elle attache une importance primordiale à la crédibilité et tient à faire de ses livres un fidèle reflet de la réalité.
Elle a suivi des études d'anatomie à l'université de Sydney, assiste régulièrement aux conférences de médecins légistes, se renseigne auprès de sociétés de détectives privés, interroge le personnel de la morgue, la brigade canine ou les pompiers, et effectue aussi des recherches sur les méthodes de navigation et la topographie. Au fil du temps, elle a tissé des liens avec un solide réseau d'experts.
Depuis plusieurs années, Gabrielle Lord désirait écrire des romans d'action et de suspense pour la jeunesse. C'est ainsi qu'est née la série *Conspiration 365*, qui met en scène le personnage de Cal Ormond, adolescent aux prises avec son destin.

Impression réalisée par

CPI
BRODARD & TAUPIN
La Flèche

pour le compte de Rageot Éditeur
en mars 2010

Imprimé en France
Dépôt légal : avril 2010
N° d'impression : 57062
N° d'édition : 5118-01